'देश बाढ़ में डूबता है और नेता चिंता में डूबते हैं। वर्ष में एकाध माह यह कार्यक्रम बड़ी गंभीरता से चलता है। फिर पानी उतर जाता है। नेताजी के पास डूबने को और भी कई चीज़ें हैं, जैसे सत्ता, राजनीति, ऐश।'

व्यंग्य का यही करारापन मशहूर व्यंग्यकार शरद जोशी के लेखन की पहचान है। भ्रष्ट नेताओं की फूलों की छड़ी से जितनी पिटाई उन्होंने की, उतनी आज तक शायद किसी अन्य व्यंग्यकार ने नहीं की। उन्होंने अपने समय की तमाम राजनैतिक, सामाजिक और सांस्कृतिक विसंगतियों को पैनी निगाह से देखा और उन पर तीखा कटाक्ष किया। *नवभारत टाइम्स* के दैनिक स्तंभ *प्रतिदिन* में उन्होंने हर दिन आम जन से जुड़े एक नए मुद्दे को उठाया। महाभारत की तरह ही उनके इस स्तंभ के लिए भी कहा जाता है कि जो कहीं भी है, वह *प्रतिदिन* में है और जो *प्रतिदिन* में नहीं है, वो शायद कहीं भी नहीं है।

पिछले दिनों में शरद जोशी ने—देश में भ्रष्टाचार की कैसी-कैसी क्यारियां पनप रही हैं? कैसे सरकार बदलने के साथ ही चमचे पाला बदल लेते हैं—जैसे अनगिनत मामलों पर चुटकियां ली हैं। विभिन्न मुद्दों पर किए उनके कटाक्ष बेजोड़ हैं।

₹ 175
ISBN : 9788170288831
संस्करण : 2025
PICHHLE DINON (Satire) by Sharad Joshi
मुद्रक : जी.एस. ऑफसेट दिल्ली

राजपाल एण्ड सन्ज़
1590, मदरसा रोड, कश्मीरी गेट, दिल्ली–110006
फोन : 011–23869812, 23865483, 23867791
e-mail : sales@rajpalpublishing.com
www.rajpalpublishing.com
www.facebook.com/rajpalandsons

पिछले दिनों

शरद जोशी

राजपाल

अनुक्रम

हम भ्रष्टन के भ्रष्ट हमारे!

देश के आर्थिक नंदन कानन में कैसी क्यारियां पनपी-संवरी हैं भ्रष्टाचार की, दिन-दूनी-रात चौगुनी ! कितनी डाल, कितने पत्ते, कितने फूल और लुक-छिपकर आती कैसी मदमाती सुगंध। यह मिट्टी बड़ी उर्वरा है, शस्य श्यामल, काले करमों के लिए। दफ्तर-दफ्तर नर्सरियां हैं और बड़े बाग जिनके निगहबान बाबू, सुपरिंटेंडेंट, डायरेक्टर, सचिव, मंत्री। जिम्मेदार पदों पर बैठे जिम्मेदार लोग, क्या कहने, आई. ए. एस., एम. ए. विदेश रिटर्न, आज़ादी के आंदोलन में जेल जानेवाले, चरखे के कतैया, गांधीजी के चेले, बयालीस के जुलूस वीर, मुल्क का झंडा अपने हाथ से ऊपर चढ़ानेवाले, जनता के अपने, भारत मां के लाल, काल अंग्रेज़न के। कैसा खा रहे हैं रिश्वत गप-गप। ठाठ हो गए सुसरी आज़ादी मिलने के बाद। खूब फूटा है पौधा सारे देश में, पनप रहा केसर क्यारियों से कन्याकुमारी तक, राजधानियों में, जिला दफ्तर, तहसील, बी. डी. ओ., पटवारी के घर तक, खूब मिलता है काले पैसे का कल्पवृक्ष, पी. डब्ल्यू. डी., आर. टी. ओ. चुंगी नाके, बीज गोदाम से मुंसीपाल्टी तक। सब जगह अपनी-अपनी किस्मत के टेंडर खुलते हैं, रुपया बंटता है ऊपर से नीचे, आजू-बाजू। मनुष्य मनुष्य के काम आ रहा, खा रहे हैं तो काम भी तो बना रहे हैं। कैसा नियमित मिलन है, बिलैती खुलती है, कलैजी की प्लेट मंगवाई जाती है। साला कौन कहता है राष्ट्र में एकता नहीं, सभी जुटे हैं, खा रहे हैं, कुतर-कुतर पंचवर्षीय योजना, विदेश से उधार आया रुपया। प्रोजेक्टों के सूखे पाइपों पर 'फाइव फाइव फाइव' पीते बैठे हंस रहे हैं ठेकेदार, इंजीनियर, मंत्री के दौरे के लंच-डिनर का मेनू बना रहे विशेषज्ञ। स्वास्थ्य मंत्री की बेटी के ब्याह में टेलिविज़न बगल में दाब कर लाया है दवाई कंपनी का अदना स्थानीय एजेंट। खूब मलाई कट रही है। हर सब-इंस्पेक्टर ने प्लेट कटवा लिया कालोनी में। टाउन प्लानिंगवालों की मुट्ठी गर्म करने से कृषि की सस्ती ज़मीन डेवलपमेंट

में चली जाती है। देश का विकास हो रहा है भाई ! आदमी चांद पर पहुंच रहा, हम शनिवार की रात टॉप फाइव स्टार होटल में नहीं पहुंच सकते। लानत है ऐसे मुल्क पर !

कहां पर नहीं खिल रहे भ्रष्टाचार के फूल। जहां-जहां जाती है सरकार, उसके नियम कानून, मंत्री, अमला, कारिंदे। जहां-जहां जाती है सूरज की किरन, वहीं-वहीं पनपता है भ्रष्टाचार का पौधा। खूब बॉटनी है इसकी, बड़ी फैली ज्यॉग्रफी, मोटा इतिहास, निरंतर निजी लाभ का अलजेब्रा, उज्ज्वल भविष्य। भारतीय नेताओं, कर्मचारियों, अफसरों के हाथ में भाग्य रेखा के सामानांतर भ्रष्टाचार की नयी रेखा बन रही है आजकल पलने में दूध पीता बच्चा सोचता है, आगे चलकर विधायक बनूं या सिविल इंजीनियर, माल कहा ज़्यादा कटेगा ? पेट में था जब अभिमन्यु, तब रोज़ रात भ्रष्ट बाप सुनाया करते थे, जेवरों से लदी मां को अपने फाइलें दाब रिश्वत खाने के कारनामे। सुनता रहता था कोख में अभिमन्यु। कितना अच्छा है ना ! संचालनालय, सचिवालय के चक्रव्यूह में भतीजों को मदद करते हैं चाचा। लो बेटा, हम खाते हैं, तुम भी खाओ। मैं भी इस चक्रव्यूह में जाऊंगा मां, आइस्क्रीम खाते हुए कहता है बारह वर्ष का बालक। मां लाड़ से गले लगा लेती है, कान्वेंट, मिरांडा में पढ़ी, सुघड़ अंग्रेज़ी बोलनेवाली मां गले लगा लेती है होनहार बेटे को।

मंत्रिमंडलों में विराजते हैं भ्रष्टाचार के महाप्रभु। सबके सिर पर स्नेह का अदृश्य हाथ फेरते हुए। चिंता न करो भाई ! 'हम भ्रष्टन के भ्रष्ट हमारे'। चारों तरफ लगता है हरा-भरा देश, विकास, ग्रांट, दौरे, भाषण, स्वागत। कुलांचे भरते हैं यहां से वहां। आंगन में खेलत हैं, ठुमक-ठुमक चमचे, लाइसेंस के उम्मीदवार, पुराने यार आंदोलन के ज़माने के। मधुर मुस्कान लिए देखते हैं मंत्री महोदय अपनी उपजाति के नवयुवकों को। भाई, जानता हूं तुम्हारे लिए भी कुछ करना है। फोन लगाओ फलां को मैं बात करूंगा, शायद तुम्हारे लिए कोई अच्छी जगह निकल आए उसके कारखाने में। हेलो। हां जी, हलो, हां जी, अवश्य, अवश्य, आपकी जैसी आज्ञा !

गूंजती है, स्वर लहरी सारे देश में। तार जुड़ा है आपस में, यहां से वहां। पतली-पतली गलियों से बढ़ रहे हैं दबे पांव लोग। फैल रहे हैं चूहे, सपनों के गोदाम में कुतर गए इरादे इस देश के। उपसमितियां, आयोग, जांच, बयान, पटल पर रखी सड़ रही वास्तविकताएं। अखबारों से निरंतर आती है काले कारनामों की गंध। अर्थशास्त्र और राजनीति में भ्रष्टाचार का पॉल्यूशन। सफाइयां पेश करते हैं मुख्यमंत्री अपने मंत्रियों की और मंत्री अपने अफसरों की और अफसर बाबुओं

की। हल्की-हल्की गुर्राहट, खुसफुसाहट, वादे, बोतल समाप्त होने के उपरान्त के भावुक स्वर। कल ज़रूर कर देने के इरादे। अपढ़ मां के अंग्रेज़ी छांटते पूत, दवाई न मिलने पर मर गए बाप के लखपती बेटे, अंधेरे बार के काने में कन्या से चहचहाते।

पूरी धरती पर छा गए काले व्यवसाय के बादल। भ्रष्ट अफसर खरीदता है खेत यानी फार्म जिसे जुतवाता है कृषि विभाग का असिस्टेंट ट्रेक्टर कंपनी के एजेंट से कह कर, जहां लगता है मुफ्त पंप और प्यासी धरती पीती है रिश्वतों का पानी, देती है गेहूं, जो बिकता है काले बाज़ार में। सारे सागर की मसी करैं और सारी ज़मीन का कागज़ फिर भी भ्रष्टाचार का भारतीय महाकाव्य अलिखित ही रहेगा। कैसी प्रसन्न बैठी है काली लछमी प्रशासन के फाइलोंवाले कमलपत्र पर। उद्योगों के हाथी डुला रहे हैं चंवर। चरणों में झुके हैं; दुकानदार, ठेकेदार, सरकार को माल सप्लाई करनेवाले नम्र, मधुर, सज्जन लोग, पहली सतह जो हो, दूसरी सतह सुनहरी है। बाथरूम में सोना दाब विदेशी साबुन से देशी मैल छुड़ाते संभ्रांत लोग राय रखते हैं खास पॉलिटिक्स में, बहुत खुलकर बात करते हैं पक्ष और प्रतिपक्ष से। जनाब जब तक गौरमंट कड़ा कदम नहीं उठाती, कुछ नहीं होगा। देख नहीं रहे करप्शन कितना बढ़ रहा है। आप कुछ लेंगे, शैंपेन वगैरह ! प्लीज, तकल्लुफ नहीं, नो फॉर्मेलिटी।

देखिए, जहां तक करप्शन का सवाल है, कहां नहीं है। सभी देशों में है। भारत में तो काफी कम है। फिर सवाल यह है कि महंगाई कितनी बढ़ रही है। बेचारा मिडिल क्लास कहां जाए। तनख्वाह से तो गुज़ारा होता नहीं। मैं बीयर लूंगा।

आप ठीक कह रहे हैं। बैरा, दो बीयर। और सुनाइए कब सबमिट कर रहे हैं प्रोजेक्ट रिपोर्ट। हम बेसब्री से इंतज़ार कर रहे हैं। हें हें। यह आजकल जो नई केब्रे गर्ल आई है, बड़ी दुबली है।

प्रगति कर रहा है देश। मरकरी के नीचे पावडर लगाती सज रही पार्टी के लिए बहुएं, टाई कसते हुए सीटी बजा रहा है ऊंचे दहेज में मिला भ्रष्ट अफसर आई. ए. एस. दूल्हा। चीनी लड़कियों से बाल सेट करवा रही हैं, कुलवधु, कालगर्ल के एजेंट से समय तय कर रहा है। कॉरिडॉर में पत्नी की प्रतीक्षा करता कंपनी का सुसंस्कृत पब्लिक रिलेशन अफसर। राशन और साबुन की क्यू में खड़े लोग रेडियो की दुकान से आता संगीत सुनते भीगते रहते हैं। रोज़ खुल जाते हैं दफ्तर, शो केस, रोज़ अपनी ज़रूरतों को कम करता जाता है साधारण आदमी। वही क्यू, वही मिलावट, वही भाषण !

झोंपड़पट्टी के बाहर खेलते रहते हैं गंदे काले बच्चे। इंपाला में रविशंकर का लेटेस्ट एल. पी. खरीद लौटती हुई औरत सोचती है, ये लोग अपने बच्चों को स्कूल क्यूं नहीं भेजते ? रेल के बाहर से खिड़कियों में हाथ फैला रोटी, बची हुई सब्ज़ी या पांच-दस पैसा मांगते हैं, गंदे, घिनौने भिखारी। एयरकंडीशन कार में अपने टोस्ट पर मक्खन लगाता रेलवे केटरिंग को नापसंद करता वह शरीफ आदमी आमलेट खाते सहयात्री से पूछता है राष्ट्रीय प्रश्न, ये लोग क्यूं मांगते हैं। कोई मेहनत-मज़दूरी क्यों नहीं करते ? हर विषय में खास राय रखते हैं सभ्य जन। पॉलिटिक्स में दो टूक बात करते हैं सलाद पर नमक छिड़कते हुए। रिजर्व बैंक की पॉलिसी का विवेचन करते हुए क्लब के संभ्रांत सदस्य कनखियों से नापते रहते हैं दूसरे की पत्नी की कमर। खूब मज़ा है इस देश में कितना रंगीन और खुशबूदार है प्रगति का चित्र। नासिक और देवास के कारखाने छापते रहते हैं नोट। पेरिस, लंदन, न्यूयार्क से रिसती रहती है विदेशी सहायता। खेलता है डनलपिलो पर लेटा बालक हांगकांग का खिलौना, रोजेज लगवाती है नये माली से मैडम खुद खड़ी हो गार्डन में, अंदर साहब युवा आया को इशारे से स्टडी में बुलाता है। आगे बढ़ रहा है। सुसंस्कृत देश, भ्रष्टाचार के नल, नाली, चहबच्चे, तालाब, नदी, सींच रहे हैं राष्ट्र का नया व्यक्तित्व। देश की आत्मा चुपके से खा रही स्मगल की ऑस्ट्रेलियन पनीर और घिघियाकर देखती है काले धन से उठे समंदर किनारे के आकाश छूते भवन ! प्रगति कर रहा है देश। जीभ लपलपाकर इधर-उधर देख रहे हैं लोग। सबको अपना जीवन छोटा लगने लगा है। कहीं से जमे डोल। सेमिनार में जनसंख्या और गरीबी के सवाल पर आंकड़ों से लदा अंग्रेज़ी में लेख पढ़ होटल के कमरे में लौटता है विदेश से लौटा बुद्धिजीवी। दरवाज़ा खोल बैरा धीरे से पूछता है, साहब शौक करते हैं क्या, लाऊं, दो नई आई हैं। नेपालन या आप जो पसंद करें। कितनी साफ बात कही थी उसने जनसंख्या के सवाल पर, खुद उपमंत्री चाय के वक्त प्रशंसा कर रहे थे।

उज्ज्वल है देश का भविष्य। कौन कहता है, हम प्रगति नहीं कर रहे। आगे नहीं बढ़ रहे हर क्षेत्र में। प्रतिभा की कमी नहीं है इस देश में। हमारी समस्या है, विकास के लिए पर्याप्त धन का अभाव। इसी कारण हमारी योजनाएं पूरी नहीं हो पा रहीं। यदि थोड़े धन की व्यवस्था हम जुटा लें, तो बहुत तेज़ी से अन्य मुल्कों के बराबर आ सकते हैं।

ठीक कह रहे हैं आप। मेरे खयाल से अब खाने का ऑर्डर दे दिया जाए। वॉट वुड यू लाइक टू हैव ? चिकन !

पराजय सारंगी

आज सारंगी बजाने को मन करता है। इसलिए कि सारंगी से करुण रस की सृष्टि होती है। कांग्रेस की पराजय के क्षण में एक यही वाद्य बजाया जाना चाहिए। कितने दिन एक होनेवाली घटना के हो जाने के इन्तज़ार में बीते। डूबता कब डूबेगा इन्तज़ार में। और वह क्षण आ गया, तो समझ नहीं आ रहा, क्या करूं ? सारंगी तलाश रहा हूं।

महफिलें उजड़ गईं, तो अब चमचों का क्या होगा ? उनका क्या होगा, जो कविता छोड़ सत्तारूढ़ पार्टी के मैनिफेस्टो लिख लेखकों और पत्रकारों के भाग्य विधाता बन गए थे ? उनकी भावी उपलब्धियां हवा में झूलती कल रात एकाएक जाने कहां लोप हो गईं। उस कीर्तन-मण्डली का क्या होगा, जो प्रतिबद्धता के बहाने मलाई पर नज़र गड़ा सबको फासिस्ट और प्रतिक्रियावादी करार दे रही थी ? उन चूहों का क्या होगा, जो सुख-सुविधाओं के गोदाम में प्रवेश करने के लिए सरकारी संस्थाओं में सूराख किया करते थे।

कबीर ने कभी कहा था, 'बूड़ा वंश कबीर का, उपजा पूत कमाल' उनका इशारा तो अपने ही वंश की तरफ था। पर उन्होंने सैकड़ों वर्ष पहले जो पंक्ति कही, वह बार-बार घटित होने लगी। यह भी कमाल है !

देश में आपात्काल क्या आया, मानो आपात्कमाल आ गया। हमने अपनी नागरिकता, अपनी अस्मिता, अपने आदमी भर रह जाने का हक भी खो दिया था। देश का संविधान मानो छोटी कार का डिज़ाइन बन के रह गया था, जिसे जब चाहे बदला जा सके। आज जनता ने उन सारी महत्वाकांक्षाओं का लाइसेंस रद्द कर दिया।

तीस साल पहले जिस कांग्रेस को लोग उत्साह से उछालते, नारे लगाते सत्ता के दरवाज़े तक छोड़ आए थे, वही मदमाती कांग्रेस थानेदार, कमिश्नर और स्थानीय

दादाओं के कंधे पर चढ़कर बाज़ार से गरजती, हुंकारती गुज़रने लगी थी। देश का आदमी नारों, अनिर्णयों, असफलताओं, अफवाहों, आकांक्षाओं में इतना उलझ गया, इतना डर गया कि वे रेल का टाइमटेबुल ठीक करने की खातिर अपनी स्वतंत्रता बेचने को तैयार हो गया। अपने ही जुलूस से डरकर दुबक गया। पोस्टर इतने शक्तिशाली हो गए कि न्याय की मृत्यु किसी को नज़र ही नहीं आई। अखबार सच्चाई को कफन बनकर ढंकने लगे, सिर्फ इसलिए कि शायद कुछ हो जाए, कुछ ऐसा महान ऐतिहासिक देश में घट जाए। मगर कुछ नहीं हुआ। पूरे उन्नीस माह सत्ता के चमचे लेखक हंटर को अनुशासन, हथकड़ी को सहयोग, दबाव को प्रगति, भय को एकता, सचाई को प्रतिक्रिया, ईमानदारी को गद्दारी, 'इंडिया' को इन्दिरा, गरीबी को जहालत, अफसर को प्रजातंत्र, खुद को राष्ट्रीयता कहते घूमते रहे। तोता अखबार और निर्लज्ज प्रसारण का एक आकाश हर भारतवासी के इर्द-गिर्द रचा गया। वे लोग दौड़ते हुए आगे बढ़ने लगे, जिनके मूल्य नहीं थे और जो सिद्धांतों को सुविधा के अनुसार बदलना जानते थे। फ्लैट, कार, फ्रिज और ऊंची शराब के संसार में जीने वाला उच्च मध्यवर्गीय प्रशासन की जयजयकार करने लगा—वाह-वाह, लोग वक्त से दफ्तर पहुंच रहे हैं। वाह-वाह, ट्रेन राइट टाइम है ! देश किस दशा से गुज़र रहा है, यह बात बेमानी हो गई। प्रसन्न हो घड़ी देखते देशवासी की आत्मा ने उस लात को महसूस नहीं किया, जो सीने पर लगी थी। पूरे उन्नीस माह ढोल बजता रहा, जिसमें व्यक्तिगत चीखें दबी रहीं।

आकाशवाणी के पार्श्व-संगीत पर लोगों द्वारा किए गए कठपुतली नृत्य को एकता, प्रगति, अनुशासन आदि नामों से विभूषित किया गया। शब्दों ने अपना अर्थ खो दिया और शब्दकोश के स्वामी अफसर हो गए। इतिहास, भविष्य दोनों पर उनका कब्ज़ा था। हमारा मध्य प्रदेश तो अपनी जेलों के कारण देश में जाना जाने लगा है, आपात्काल में एक व्यक्ति पर, कहते हैं, यह आरोप लगाया गया कि अरविन्द शताब्दी समारोह पर अपने ज़िले में आयोजित कार्यक्रम में भाषण देते हुए उसने कहा था कि हमें अरविन्द के बताए मार्गों पर चलना चाहिए। इस सामान्य वाक्य का जो महापुरुषों की जन्मतिथियों पर प्रायः कहा जाता है, कुछ अफसरों ने अर्थ निकाला कि वह शख्स तब क्रांति भड़काना चाहता था, क्योंकि अरविन्द क्रांतिकारी थे। सत्य आप बोल नहीं सकते, क्योंकि उसके केवल दो अर्थ लिए जाते थे, भड़काना और अफवाहें फैलाना, राष्ट्र को उससे सावधान कर दिया गया था। पुराने बदले लेने की खुली छूट प्रजातंत्र के नाम पर दे दी गई थी। जब जेल में और लोगों के साथ कुछ लेखक भी ठूंसे जा रहे थे, तब हमारे

भोपाल में सरकार लेखकों के सम्मेलन बुला रही थी, दायित्व का प्रशिक्षण देने। कैम्प लगाकर और उस बहाने रुपया बांट, लालच दे लेखकों और कवियों की भावनाओं की नसबंदी की जा रही थी। झंडा चमचों के हाथ में था, नारे लग रहे थे।

दिल्ली से आए कुछ कवि, कुछ समीक्षक एक आई. ए. एस. अफसर के इशारे पर सरकारी नीतियों का साहित्य की शब्दावली में भाष्य कर रहे थे। जेल, गिरफ्तारी, दबाव के माहौल में स्वतंत्रता को नया अर्थ दिया जा रहा था। जब एक युवा नेता भोपाल आए तो साहित्यक़ार और बुद्धिजीवियों का समूह उनके दर्शनों के लिए, उनसे मार्गदर्शन प्राप्त करने गया। उन्हें मार्गदर्शन मिला भी और वे बड़े गदगद लौटे। जिस देश में साहित्य की हज़ारों वर्ष की परंपरा है, वेद, गीता, कालिदास, तुलसी, कबीर, प्रेमचन्द, रवीन्द्र, गालिब, निराला के देश का लेखक एक सरकारी अफसर के नेतृत्व में युवा नेता से साहित्य पर मार्गदर्शन लेने गया। दायित्वबोध, खुशामद और गुलामी एक ही क्रिया के तीन नाम हो गए। ऐसी कौन-सी पीड़ा आ गई थी मानव समाज पर, जो साहित्यकार जागकर चिपक गए आपस में। उन्हें लगता था, बस अब तो यहां हमेशा के लिए रूस जैसा हो जाएगा, तो क्यों नहीं पहली खेप में गुलामी स्वीकार कर हम देश के अग्रणी साहित्कार हो जाएं। वे प्रतिक्रियावादियों की सूची बनाने लगे। किस-किसको जेलों में डाल दिया जाना चाहिए, इस पर चिंतन-मनन करने लगे। संस्कृति के नाम पर सिर्फ पक्का गाना गाने, एब्सर्ड तसवीरें बनाने और लोक नृत्य की शैली में पैर पटकते, हाथ हिलाते वी. आई. पी. बंगलों में जयजयकार के लिए घुसने की स्वतंत्रता रह गई। केवल उन्नीस माह में अवसरवादी चरित्र खुलकर सामने आ गया।

आपात्काल में हमारे भोपाल में एक सरकारी आदेश यह हुआ कि रवीन्द्र भवन में आयोजित हर नाटक की अगली दो पंक्तियों की सीटें केवल अधिकारियों और उनके परिवार के लिए खाली रखी जाएं। नाटक आरम्भ करने के पन्द्रह मिनट पूर्व अधिकारियों से आज्ञा मिलने पर ही उन सीटों के टिकट बेचने की स्वीकृति दी जा सकती है। राष्ट्र पर संकट जो था, अफसर हॉल में पीछे कैसे बैठते ? खुद गुरुदेव रवीन्द्रनाथ ठाकुर ज़िन्दा होते, तो रवीन्द्र भवन में अगली पंक्ति में नहीं बैठ पाते। बेचारे अफसर जो नहीं थे।

सूत्र 5 हों, 10 हों, 15 हों, 20 हों सारे सूत्रों का एक अर्थ चमचों ने लगाया—जयजयकार कीजिए। असल सूत्र रह गया था नसबंदी। आदमी एक केस बनकर रह गया। भाषा की सौजन्यता मर गई थी। भावनाएं अचेत हो गई थीं।

इस सबके बावजूद देशवासियों की आंखें नहीं बन्द की जा सकीं, लोग विस्फारित डरी आंखों से देखते रहे। वास्तविकता को वृत्तचित्रों, सरकारी प्रकाशनों, टेलिविज़न और फीके अखबारों से ढंका नहीं जा सका। लोगों के हाथों में जुंबिश बाकी बची रही, वे वोट दे आए और सल्तनत बदल गई।

एक मित्र ने दूसरे से आज सुबह पूछा, यह सब हुआ कैसे, यार, यह हुआ कैसे ? दूसरे मित्र ने कहा, यह ऐसे हुआ कि लोग पोलिंग बूथ पर गए, खड़े हो गए लाइन बनाकर। उन्हें चुनाव अधिकारी ने बैलेट पेपर दिया, लोगों ने सील लगाई, पर्ची मोड़ी, बैलट बॉक्स में डाल दी, गिनती हुई और सरकार बदल गई।

यह क्रिया भारतीय जनता द्वारा स्वतंत्रता के अभिनन्दन में रचित एक कविता है। बिकी आत्मा के लोग इसका अर्थ नहीं समझ पाएंगे।

आज जब मैं दंभ, सस्ती आकांक्षा, निजी स्वार्थ के मिले-जुले मज़ार पर सारंगी बजाने बैठा हूं, अब यह सारंगी की मजबूरी है कि उससे करुण रस ही निस्सरित होता है, कृपया वे लोग न पधारें जो ईमान बेचने को प्रतिबद्धता मानते हैं। वे खाली भी नहीं हैं। वे पलटी मारकर नये दौर में रंग जमाने का कोई बौद्धिक दांव तलाश रहे हैं। लगता है आत्माएं खरीदनेवाले दलाल नये पद और प्रमोशन का सपना लिए लेखकों का एक और सम्मेलन बुलाने की योजना में लग जाएंगे। हमारी जीवन पद्धति का एक दोष यह है कि ऐसे दलालों, चमचों को हटाने के लिए कोई बैलट बॉक्स नहीं।

आपातकालीन पंचतंत्र

लक्ष्य की रक्षा

एक था कछुआ, एक था खरगोश, जैसा कि सब जानते हैं।

खरगोश ने कछुए को संसद, राजनीतिक मंच और प्रेस के बयानों में चुनौती दी—अगर आगे बढ़ने का इतना ही दम है, तो हमसे पहले मंज़िल पर पहुंचकर दिखाओ।

रेस आरम्भ हुई। खरगोश दौड़ा, कछुआ चला धीरे-धीरे अपनी चाल।

जैसा कि सब जानते हैं आगे जाकर खरगोश एक वृक्ष के नीचे आराम करने लगा। उसने संवाददाताओं को बताया कि वह राष्ट्र की समस्याओं पर गम्भीर चिंतन कर रहा है, क्योंकि उसे जल्दी ही लक्ष्य तक पहुंचना है। यह कहकर वह सो गया।

कछुआ लक्ष्य तक धीरे-धीरे पहुंचने लगा।

जब खरगोश सो कर उठा, उसने देखा कि कछुआ आगे बढ़ गया है, मेरे हारने और बदनामी के स्पष्ट आसार हैं।

खरगोश ने तुरंत आपातकाल घोषित कर दिया।

उसने अपने बयान में कहा कि प्रतिगामी, पिछड़ी और 'कंजरवेटिव' (रूढ़िवादी) ताकतें आगे बढ़ रही हैं, जिनसे देश को बचाना बहुत ज़रूरी है।

और लक्ष्य छूने के पूर्व कछुआ गिरफ्तार कर जेल में डाल दिया गया।

शेर की गुफा में न्याय

जंगल में शेर के उत्पात बहुत बढ़ गए थे। जीवन असुरक्षित था और बेहिसाब मौतें हो रही थीं। शेर कहीं भी, किसी पर हमला कर देता था।

इससे परेशान हो जंगल के सारे पशु इकट्ठा हो वनराज शेर से मिलने गए। शेर अपनी गुफा से बाहर निकला—कहिए, क्या बात है ?

उन सब ने अपनी परेशानी बताई और शेर के अत्याचारों के विरुद्ध आवाज़ उठाई। शेर ने अपने भाषण में कहा—

"प्रशासन की नज़र में जो कदम उठाने हमें ज़रूरी हैं, वे हम उठाएंगे। आप इन लोगों के बहकावे में न आवें, जो हमारे खिलाफ हैं। अफवाहों से सावधान रहें, क्योंकि जानवरों की मौत के सही आंकड़े हमारी गुफा में हैं जिन्हें कोई भी जानवर अन्दर आकर देख सकता है। फिर भी अगर कोई ऐसा मामला हो तो आप मुझे बता सकते हैं या अदालत में जा सकते हैं।"

"चूंकि सारे मामले शेर के खिलाफ थे और शेर से ही उसकी शिकायत करना बेमानी था इसलिए पशुओं ने निश्चय किया कि वे अदालत का दरवाज़ा खटखटाएंगे।"

जानवरों के इस निर्णय की खबर गीदड़ों द्वारा शेर तक पहुंच गई।

उस रात शेर ने अदालत का शिकार किया। न्याय के आसन को पंज़ों से घसीट अपनी गुफा में ले आया।

जंगल में इमर्जेंसी घोषित कर दी गई। शेर ने अपनी नई घोषणाओं में बताया—जंगल के पशुओं की सुविधा के लिए, गीदड़ मंडली के सुझावों को ध्यान में रखकर हमने अदालत को सचिवालय से जोड़ दिया है, ताकि न्याय की गति बढ़े और व्यर्थ की ढिलाई समाप्त हो। आज से सारे मुकदमों की सुनवाई और फैसले हमारी गुफा में होंगे।

इमर्जेंसी के दौर में जो पशु न्याय की तलाश में शेर की गुफा में घुसा उसका अंतिम फैसला कितनी शीघ्रता से हुआ इसे सब जानते हैं।

क्रमशः प्रगति

खरगोश का एक जोड़ा था, जिनके पांच बच्चे थे।

एक दिन भेड़िया जीप में बैठकर आया और बोला—असामाजिक तत्वो, तुम्हें पता नहीं सरकार ने तीन बच्चों का लक्ष्य रखा है। और दो बच्चे कम करके चला गया।

कुछ दिनों बाद भेड़िया फिर आया और बोला कि सरकार ने लक्ष्य बदल दिया है और एक बच्चे को और कम कर चला गया।

खरगोश के जोड़े ने सोचा, जो हुआ सो हुआ, अब हम शान्ति से रहेंगे। मगर तभी जंगल में इमर्जेंसी लग गई।

कुछ दिन बाद भेड़िये ने खरगोश के जोड़े को थाने पर बुलाया और कहा कि सुना है, तुम लोग असंतुष्ट हो सरकारी निर्णयों से और गुप्त रूप से कोई

षड्यंत्र कर रहे हो ? खरगोश ने साफ इंकार करते हुए सफाई देनी चाही, पर तभी भेड़िये ने बताया कि इमर्जेंसी के नियमों के तहत सफाई सुनी नहीं जाएगी।

उस रोज़ थाने में जोड़ा कम हो गया।

दो बच्चे बचे। मूर्ख थे। मां-बाप को तलाशने खुद थाने पहुंच गए। भेड़िया उनका इंतज़ार कर रहा था।

यदि थाने नहीं जाते तो वे इमर्ज़ेंसी के बावजूद कुछ दिन और जीवित रह सकते थे।

कला और प्रतिबद्धता

कोयल का कंठ अच्छा था, स्वरों का ज्ञान था और राग-रागनियों की थोड़ी बहुत समझ थी। उसने निश्चय किया कि वह संगीत में अपना कैरियर बनाएगी। ज़ाहिर है, उसने शुरुआत आकाशवाणी से करनी चाही।

कोयल ने 'एप्लाय' (आवेदन) किया। दूसरे ही दिन उसे 'ऑडीशन' के लिए बुलावा आ गया। वे इमर्जेंसी के दिन थे और सरकारी कामकाज की गति तेज़ हो गई थी।

कोयल आकाशवाणी पहुंची। स्वर परीक्षा के लिए वहां तीन गिद्ध बैठे हुए थे।

"क्या गाऊं ?"—कोयल ने पूछा।

गिद्ध हंसे और बोले—"यह भी कोई पूछने की बात है। बीस-सूत्री कार्यक्रम पर लोकगीत सुनाओ। हमें सिर्फ यही सुनने-सुनाने के आदेश हैं।"

"बीस-सूत्री कार्यक्रम पर लोकगीत ? वह तो मुझे नहीं आता। आप कोई भजन या गज़ल सुन सकते हैं।"—कोयल ने कहा।

गिद्ध फिर हंसे।

"गज़ल या भजन ? बीस-सूत्री कार्यक्रम पर हो तो अवश्य सुनाइए।"

"बीस-सूत्री कार्यक्रम पर तो नहीं है," कोयल ने कहा।

"तब क्षमा कीजिए, कोकिला जी, हमारे पास आपके लिए कोई स्थान नहीं है,"—गिद्धों ने कहा।

कोयल चली आई। आते हुए उसने देखा कि 'म्यूजिक रूम' (संगीत कक्ष) में कौओं का दल बीस-सूत्री कार्यक्रम पर कोरस रिकार्ड करवा रहा है।

कोयल ने उसके बाद संगीत में अपना कैरियर बनाने का 'आइडिया' त्याग दिया और शादी करके ससुराल चली गई।

बुद्धिजीवियों का दायित्व

लोमड़ी पेड़ के नीचे पहुंची। उसने देखा ऊपर डाल पर एक कौवा बैठा

है, जिसने मुंह में रोटी दाब रखी है। लोमड़ी ने सोचा अगर कौवा गलती से मुंह खोल दे तो रोटी नीचे गिर जाए। नीचे गिर जाए तो मैं खा लूं।

लोमड़ी ने कौवे से कहा–"भैया कौवे तुम तो मुक्त प्राणी हो, तुम्हारी बुद्धि, वाणी और तर्क का लोहा सभी मानते हैं। मार्क्सवाद पर तुम्हारी पकड़ भी गहरी है। वर्तमान परिस्थितियों में एक बुद्धिजीवी के दायित्व पर तुम्हारे विचार जानकर मुझे बहुत प्रसन्नता होगी। यों भी तुम ऊंचाई पर बैठे हो, भाषण देकर हमें मार्गदर्शन देना तुम्हें शोभा देगा। बोलो मुंह खोलो कौवे।"

इमर्जेंसी का काल था। कौवे बहुत होशियार हो गए थे। चोंच से रोटी निकाल अपने हाथ में ले धीरे से कौवे ने कहा–

"लोमड़ी बाई, शासन ने हमें बुद्धिजीवियों को यह रोटी इस शर्त पर दी है कि इसे मुंह में ले हम अपनी चोंच को बन्द रखें। मैं ज़रा प्रतिबद्ध हो गया हूं आजकल, क्षमा करें। यों मैं स्वतंत्र हूं यह सही है और आश्चर्य नहीं समय आने पर मैं बोलूं भी।"

इतना कह कर कौवे ने फिर रोटी चोंच में दबा ली।

एक अन्तहीन प्रदर्शनी

आदमी एक खास भाव प्रकट करने के लिए नया कोट पहन लेता है और सरकार ऐसे ही किसी मूड में प्रदर्शनी लगा लेती है। यों भी आप प्रदर्शित होने से किसी को कैसे रोक सकते हैं ? लहर उठती है, प्रकट हो जाती है। कोई क्या करेगा तब ? सरकार के सीने में प्रदर्शनी लगाने का दर्द जब-तब उठता है और उसी आतंरिक पीड़ा से ग्रस्त वह एक दिन किसी चौड़े मैदान पर पसर कर बैठ जाती है। संपूर्ण जंका-मंका, ताम-झाम लटके, जैसे कोई पूरे नाज़ो-अंदाज़ से ठुमरी सुनाए। एक संकोचशील सरकार के लिए समस्या हो जाती है, रोज़ बड़बोले भाषण देना, वह सोचती है, क्यों न एक प्रदर्शनी लगा दें। हाथ कंगन को आरसी क्या, जो भी होगा सामने आ जाएगा। उसके निश्चय के साथ मय राक्षसों के सरकारी वंशज कार्यरत हो जाते हैं, और रंग और प्रकाश की एक मायानगरी खड़ी होने लगती है। ज़मीन समतल की जाती है, कनातें खड़ी की जाती हैं। भिश्ती छिड़काव करता है, फर्श, कालीन बिछाता है, मालन गजरे लाती है और पुर ग्राम की वनिताएं अपने आधुनिक कड़ों-घड़ों में सजधजकर चल पड़ती हैं। चौंधिया जाती हैं आंखें देखकर। हाय दैय्या, हमारे देश ने इत्ती सारी प्रगति कर डाली, हमें तो पता ही नहीं था।

आदमी के पास जर कितना है; उसका प्रभाव कितना है, इसका सही पता भारत में तब चलता है, जब वह अपनी बेटी का ब्याह रचाता है। एक खास दिन बरात आने वाली होती है। एक खास क्षण में लग्न लगनेवाली होती है। उस पूर्व निश्चित घड़ी के लिए सारी भागदौड़ सारी बदहवासी। मुहूर्त न टले, इज़्ज़त रह जाए। जिस भाव जमे, जिस तरह जमे, जमाओ। यही स्थिति प्रदर्शनी लगाने वाले जीते हैं। शासन तारीख तय कर देता है कि फलां दिन प्रदर्शनी खुलेगी और सारे विभाग अपनी कछुआ गति से दौड़ने लगते हैं। फायनेंस से पैसा, विभाग

से प्रस्ताव, मंत्री से स्वीकृति, कलाकारों से डिज़ाइन, पानी, बिजली, टेंडर, चिकचिक, विभागीय जवाब-सवाल, ठेकेदार से प्रकट व गुप्त समझौते और सबसे कठिन काम-विभाग ने प्रगति कितनी की है, इसका पता लगाना। यह सब सरल नहीं होता। विगत दर्शकों में विभागों की सबसे बड़ी प्रगति यह है कि उनके बजट बढ़े हैं, खर्च बढ़ा है, वेतन व विशेष भत्ते बढ़े हैं, नये पद बने हैं, भवन तने हैं। मगर जब राष्ट्रीय स्तर पर प्रदर्शनी हो, तब जनता को यह सब तो बताया नहीं जाता। जनता जानती है। प्रदर्शनी में उसे नई बात पता लगनी चाहिए। मज़बूर हो भौतिक प्रगति की जानकारी बटोर, उसकी झांकी लगाई जाती है। कसम से क्या नज़ारा होता है, जब दो हाथ का बांध खड़ा कर चार बाल्टी पानी बहाकर देश में भारी सिंचाई का सीन लपझप करता दिखाया जाता है। नन्हें से घर, मुन्ने से किसान, बित्ता भर ज़मीन की खेती से हट कर बैठे अपना-अपना ग्रामोद्योग करते, जीवन संगिनी उसी आकार की गुड्डी को प्रेम से ताकते देख भीड़ में खड़ी जनता को अपना भोला बचपन याद आ जाता है, जब वे आंगन में ऐसा ही संसार रचाते थे। देखकर लगता है—गुड्डे-गुड्डी अपनी दुनिया में आज भी सुखी हैं। ये ही तमाशे देखती अपना बचपन याद करती पब्लिक एक मंडप से दूसरे मंडप दौड़ती रहती है।

बिना प्रदर्शनी देखे देश के विषय में सचाई पता भी तो नहीं लगती। रेल यात्रा के कष्ट भुगतते, पैर फैलाने के इरादे समेट स्टेशन-दर-स्टेशन ऊंघते, खराब खाना और गंदी चाय का कुल्हड़ पीते आपको पता नहीं लगता कि रेल विभाग ने कितनी प्रगति कर डाली है। इसके लिए आपको रेल विभाग की प्रदर्शनी देखनी होगी। झुग्गी-झोंपड़ी और गंदी चालों में रहनेवालों को कैसे दिखेगा कि आवास-निर्माण के क्षेत्र में राष्ट्र इधर किस तेज़ी से प्रगति कर रहा है ! देश की जनता को सरकार का आभार मानना चाहिए कि वह एक प्रदर्शनी सजा वास्तविकता की जानकारी तो दे देती है, उस पब्लिक को जिसे पता ही नहीं कि वह कितनी खुशहाल है। मॉडल, चार्ट, नक्शों और आंकड़ों में यह ज़िन्दगी, यह दुनिया कितनी प्यारी लगती है ना !

प्रदर्शनी हमारा दिखनौटा ड्राइंग-रूम है, अगवाड़ा है, जहां बेहतर वस्तुएं सजाने की प्रथा है। प्रदर्शनी एक बहुरंगी तिलिस्म है। हर तल्ले में नई बात पता लगती है। दर्शक मंडप-दर-मंडप भटकता है, माया में ब्रह्म टटोलता है। ब्रह्म पता नहीं चलता, माया हाथ से फिसल जाती है, चकाचौंध की स्मृति में साल दो साल गुज़रता है, फिर एक प्रदर्शनी लग जाती है। इसी तरह पूरी ज़िन्दगी सपने देखते,

इरादे बनाते, प्रदर्शनियां घूमते गुज़र जाती है। देश आगे बढ़ता है और वहीं खड़ा आदमी सपरिवार टिकट खरीदता रहता है।

मगर सब वे नहीं, जो इस तरह दर्शन टटोल संतोष कर लें। बहुत से वे हैं, जो प्रदर्शनी लगाते हैं और रहस्यों के रहस्य को समझते हैं। कागज़ी स्तर पर अत्यंत धीमे काम करनेवाले अफसर प्रदर्शनी के समय तीव्र गति से जुट जाते हैं। एक विभागीय मंडप कई अधिकारियों की गरीबी एक बार में हटा देता है और पहले से हट चुकी हो, तो संपन्नता बढ़ा देता है। प्रदर्शनी के अंत में मलबे की नीलामी भी बड़ा लाभ करती है। कंट्रोल दर से विभागों को मिली टीन की चादरें व लोहा जब कबाड़ी ओने-पौने खरीदता है, तो वह जानता होता है कि इसकी ब्लेक की दरें क्या हैं ? देश की अफसरशाही इसीलिए प्रदर्शनी लगाने के मामले में सर्वाधिक उत्सुक, तत्पर और लगनशील रहती है। झांकियां देखकर जनता और नेताओं का चित्त प्रसन्न हो जाता है, भाग-दौड़ करने की वाहवाही अलग मिलती है और खर्च का हिसाब कोई नहीं पूछता। बीस मज़दूर लगाओ। तीस की हजारी भरो। सभी विभागों को लोक कर्म विभाग होने का-सा सुख मिलता है। जनता शासन का रौब खाती है, अहसान मानती है कि एक शाम सुख से गुज़री। युवा वर्ग संतुष्ट रहता है कि सारे नगर की सुन्दर लड़कियां इसी बहाने एक जगह नज़र आ जाती हैं। बच्चे चकरी, झूले की ज़िद करते हैं, गुब्बारा मांगते हैं और पाकर प्रसन्न हो जाते हैं। एक प्रदर्शनी बड़े से छोटे तक सबको खुश कर देती है। उसे लगानेवाले और उससे लगे रहनेवाले प्रसन्नचित्त रहते हैं। मीना बाज़ार का मौका ऐसा होता है कि अकबर चाहे तो सबको निहाल कर दे। बच्चा खुश, बच्चे के मां-बाप खुश, बेचनेवाला खुश। दो महीने के लिए समाजवाद-सा आ जाता है।

मन करता है, एक प्रदर्शनी ऐसी लगाई जाए, जिसमें वह सब दर्शाया जाए, जो आज तक नहीं दिखाया गया। बड़ा मैदान हो, ढेर सारे मंडप हों। एक मंडप उद्योग विभाग का, जिसमें बताया जाए कि मिलावट करने, नकल कर हूबहू बना बेचने में देश ने इधर कितनी प्रगति की है, कितने लोगों ने कितने लाइसेंस ले कितने कारखाने नहीं खोले और जो खोले, उनमें कितनी हड़तालें हुईं, उत्पादन कितना कम हुआ। एक मंडप जिसमें प्रदर्शित हो कि बाज़ार में मिलनेवाली वस्तुओं का सही मूल्य क्या है और ग्राहक क्या देता है। कालाबाज़ारी पर एक मंडप, भ्रष्टाचार पर एक मंडप। लोगों को बताया जाए कि सरकारी दफ्तर में कौन-से काम कराने के लिए किस श्रेणी के बाबू या अफसर को दी जानेवाली रिश्वत

की दरें क्या हैं ? किस नौकरी में अतिरिक्त आय कितनी है ? आज़ादी के बाद कौन-से स्कैंडल हुए, भ्रष्ट अफसरों को क्या-क्या सुविधाएं एवं प्रमोशन दिए गए। आयात-निर्यात के मंडप में बताया जाए, हम कौन-सी वस्तुएं स्मगल कर लाते हैं और कौन-सी यहां से चुरा कर बाहर भेजते हैं ? आय कितनी होती है, टैक्स बचाने के तरीके क्या है, छिपा पैसा किन धंधों में लगता है ? सट्टा, जुआ आदि क्षेत्र में राष्ट्र कितना आगे बढ़ा है ? चुनाव कैसे जीते जाते हैं, दलबदल कितने हुए, नेताओं की निजी संपत्ति में आज़ादी के उपरांत, त्यागमय जीवन बिताने से कितनी वृद्धि हुई ? लाठियां कितनी बार चलीं, गोलियां कितनी बार, दंगे कितने हुए ? भिखारी कितने हैं ? फुटपाथ पर सोनेवालों का प्रतिशत डाक बंगलों और बड़े होटलों की तुलना में कितना है ? भूख से, ठंड से कितने मरे ? बेकार कितने हैं ? वेश्याएं कितनी हैं ? साधनहीन कितने हैं। विदेश कितने चले गए ? कितने वैज्ञानिक, कितने डॉक्टर विदेश जा कर नहीं लौटे ? पब्लिक स्कूल और आदिम जाति पाठशाला का अंतर क्या है ? और दोनों में पले बालकों का भविष्य क्या है ? वकील कितने हैं, मुकदमे कितने हैं, सिर फुटौवल कितनी होती है ? कितने मकानों, कितने बांधों में क्रेक आया ?

मुझे लगता है, प्रदर्शनी विराट से विराटतर होती जाएगी। वह एक मैदान में नहीं समाएगी। पूरे देश में फैली लगेगी। दर्शक स्वतंत्र होगा कि वह देश के पूरे भाग में भटके और प्रदर्शनी देखे। अंधेरी कोठरियां, बंद गलियारे, हाथ फैलाए बच्चे-बूढ़ों के पास से गुज़रता ऐशभरी ज़िन्दगी के प्रकाशवृत्त से भी गुज़रेगा, जब मैं बताऊंगा कि कैबरे अपना कर देश की बेटियों ने विदेशी मुद्रा अर्जित कर कैसे राष्ट्र की सेवा की है ? प्रदर्शनी अंतहीन लगेगी, दर्शक थक कर गिर जाएगा, मगर मंडप समाप्त नहीं होंगे।

पता नहीं ऐसी प्रदर्शनी कब लगा सकूंगा मैं ? कब देखेंगे लोग ? कई बार लगता है, देश में यह प्रदर्शनी स्थायी रूप से लगी हुई है और उससे गुज़रनेवाला भारतवासी दर्शक-सा तटस्थ हो चुपचाप ताकता-झांकता चला जा रहा है।

कब-कब न लगी इमर्जेंसी

मीसा और इमर्जेंसी का गहराई से अध्ययन करने की गरज से मैं इतिहास में उतर गया था, तो अभी तक ऊपर लौट कर नहीं आया हूं। वहीं हूं और महसूस कर रहा हूं कि हमारे देश में इमर्जेंसी, डी. आई. आर. या मीसा किस्म की स्थितियां हमेशा रही हैं। यह कहना गलत है कि यह सब इंदिरा गांधी की भारतीय राजनीति को मौलिक देन है।

मोहनजोदड़ो और हड़प्पा से शुरू कीजिए। वे खंडहर क्यों हो गए ? उन्हें किसने तोड़ा, क्यों तोड़ा ? जाहिर है, वे 'अनऑथराइज़्ड कंस्ट्रक्शन' रहे होंगे। जब इमर्जेंसी लागू हुई, तुड़वा दिए गए। वक्त का बुलडोज़र घूमा और हमेशा के लिए मिट गए जहां से। आज यात्री मोहनजोदड़ो हड़प्पा देखते हैं और आर्यावर्त की प्राचीनतम इमर्जेंसी की दाद देते हैं। मोहनजोदड़ो में एक स्विमिंग पूल निकला है। निश्चित ही किसी स्मगलर के बंगले में रहा होगा। इमर्जेंसी में स्मगलरों पर क्या गुजरती है, सब जानते हैं। घर वीरान हो गए। स्विमिंग पूल सूख गए। मुझे तो मोहनजोदड़ो की सील देखकर ही शक हो गया था। लिपि समझ में नहीं आई किसी के, अर्थात कोड वर्ड में है। सील पर सांड बना है। इमर्जेंसी में प्रशासन की यही प्रकृति हो जाती है। सांड बने घूमते हैं। तब की सरकार ने इमर्जेंसी लागू करने के बाद ही में यह सील बनाई होगी। मोहनजोदड़ो का यह सांड इधर के उन्नीस माहों में प्रशासन के सांड की तरह लगता है। समान चरित्र है दोनों का।

वैदिक काल में भी इमर्जेंसी लगी थी। अभिव्यक्ति की स्वतंत्रता छिन गई थी और सेंसरशिप लागू हो गई थी। स्पष्ट है, अन्यथा चार वेद लिखे जाने के बाद पांचवा, छठा और सातवां वेद क्यों नहीं लिखा गया ? सरकारी बंदिश और संविधान की धारा बदल दी जाने के अतिरिक्त कोई कारण नहीं हो सकता कि

एक अच्छा-खासा चलता काम रुक जाए। तब की सरकार अपने आपातकाल-जन्य थोथे अहंकार में नहीं चाहती होगी कि लोग सरकारी सूत्रों के अतिरिक्त किन्हीं अन्य सूत्रों के भाष्य करें, आदर दें, मानें। सो, वेद की लिखाई आगे से रुकवा दी गई।

रामायण-युग में आइए। माना, कैकेयी, बड़ी पावरफुल थी, पर भरत कोई सजय गांधी थे कि साहब राजगद्दी पर वही बैठेंगे, कोई दूसरा नहीं बैठ सकता, चाहे वह भगवान राम ही क्यों न हों ! राम न्याय की खातिर मुकदमा लड़ने कचहरी क्यों नहीं गए ? जाते कैसे ? अनुशासन पर्व जो लागू था ! धाराएं रद्द हो जाने से वकील ने कहा होगा, राम जी, फिलहाल कोई उम्मीद नहीं, आज्ञा मान जाइए, वरना अंदर हो जाएंगे। ऐसी जेलों से तो वनवास अच्छा ! घर से दूर रहोगे, मगर खुली हवा में घूमोगे तो सही। ज़रा सोचिए कि चौदह साल बाद जहां अभिव्यक्ति की स्वतंत्रता इस हद तक हो गई थी कि एक साधारण धोबी सीता के चरित्र पर कमेंट कर सकता था, जबकि उस ज़माने में अयोध्या का राम-प्रेमी पुरजन कैकेयी के खिलाफ नारे भी नहीं लगा सका। इमर्जेंसी के अलावा कोई वजह नहीं हो सकती कि लोग इस तरह चुप रहें। अपने ही किए कर्म का गम पाले दशरथ फखरुद्दीन अली अहमद की तरह जाते रहे, पर क्या हो सकता था ! कैकेयी के इर्द-गिर्द 'मंथरा कॉकस' को वे तोड़ नहीं सकते थे।

मैं आजकल इतिहास में उतर गया हूं और वहां से निकल नहीं पा रहा हूं। मुझे हर दौर में देश में इमर्जेंसी लगी नज़र आती है। कंस ने पूतना राक्षसी को छोड़ रखा था। सरकारी नारा था, 'आठवां बच्चा अभी नहीं, सात के बाद कभी नहीं।' पूतना बस्ती-बस्ती, गांव-गांव जाती और हाल ही में जन्मे बच्चों को मार कर खा जाती। कौन थी पूतना ? कंस ने उसे परिवार नियोजन का उत्तरदायित्व सौंपा था। सत्ताधारियों की पत्नियों और बहनों को सामाजिक समस्याओं का दर्द आज की तरह तब भी सताता था और वे ताव में अपनी बात मनवाने घर से निकल पड़ती थीं। लोग पूतना को आते देखकर डर कर भागते, छुप जाते, जैसे नसबन्दी करनेवालों की जीप बिना सूचना गांव में घुस आई हो। कंस के राज में तब इमर्जेंसी न होती तो क्या लोग उसे सहन करते ?

महाभारत के मूल में असल किस्सा कुर्सी का था। बारह साल बाद पांडव वनवास से लौटे, तब पता लगा कि दुर्योधन ने अंधे धृतराष्ट्र से दस्तखत करवाकर अध्यादेश जारी कर दिया है कि दस साल से ज़मीन पर जिसका कब्ज़ा रहा, वही ज़मीन का मालिक है। अंधे धृतराष्ट्र की स्थिति राष्ट्रपति की तरह थी। जिस

कागज़ पर बोलो, जहां बोलो, दस्तखत कर दें। पांडवों ने कहा, ज़मीन हमारी है। दुर्योधन ने कहा, भूमि सुधार के नये कानून बन गए हैं, अब आपका कोई हक नहीं रहा। छिड़ गया महाभारत, क्योंकि कचहरी में जाने में कोई तुक नहीं थी। कानून दुर्योधन के पक्ष में थे।

अभी तो मौर्य काल, मुगल काल नहीं आया है। तब तो इमर्जेंसी के और प्रमाण मिलेंगे। भारत में आपातकाल की स्थितियां प्रायः रही हैं। प्रभु ने भारतवासियों को गीता में इसीलिए आश्वासन दिया था कि जब-जब धरती पाप के भार से लदने लगेगी, मैं आऊंगा और उद्धार करूंगा। इस इमर्जेंसी के काल में भी जब पाप का भार बढ़ने लगा, प्रभु आए और चुनाव में जनता पार्टी को जितवा कर चले गए। हे प्रभु, अब जब आ ही गए थे, तो जनता पार्टी का काम ठीक से जमा जाते तो अच्छा रहता ! यह कम्बख़्त समांतर कांग्रेस हो रही है। फिर पाप बढ़ेंगे, फिर तुम्हें आना पड़ेगा और चुनाव में हरवाना पड़ेगा। एक ही बार में सब ठीक कर जाते, तो क्या बिगड़ जाता। मगर इतिहास साक्षी है, हम भारतवासियों के ऐसे सौभाग्य कहां ? यहां तो ऐसी स्थितियां अक्सर ही बनती रहती हैं। यह एक पूरी पुस्तक का विषय है। प्रतीक्षा करें, एक किताब इस दौर में हमारी भी आएगी।

बुद्धिजीवी प्रसंग

समस्त कांग्रेसी नेता शांत भाव से बैठे थे। 'हाय, यह कैसी अघट घटी' का-सा दर्द भरा भाव उनके चेहरे पर था। सामने गादी पर कालीन बिछा था, गोल तकिये लगे थे। उस पर तीन बुद्धिजीवी बैठे थे।

चिंतन-मनन का वातावरण था। नेताओं ने अपनी पिछली बैठक में निर्णय लिया था कि वे पिछले चुनावों में पराजय के कारणों की पड़ताल करने के लिए समाज के हर वर्ग से सम्पर्क करेंगे। इस बार बुद्धिजीवी बुलाए गए थे। सभा की कार्यवाही आरंभ हुई। एक संयोजक-नुमा नेता ने, जो बहुत अधिक वोटों से हारा था, सभी की कार्यवाही आरंभ करते हुए कहा—बुद्धिजीवी लोग आ गए हैं, सारे बंधु भी उपस्थित हैं, इसलिए सभा की कार्यवाही आरंभ करते हैं। हमारे बुद्धिजीवी समाज के सच्चे पथप्रदर्शक हैं। जैसा कि आप जानते हैं, हमारे दल को पढ़ने-लिखने और ड्राफ्टिंग आदि के काम में भी आपकी मदद मिलती रही है। यों, ये लोग कविता-वविता करते रहते हैं, सो आपकी नज़र जाती होगी। यह देश का दुर्भाग्य है कि कांग्रेस को इतनी बड़ी पराजय झेलनी पड़ी, अन्यथा इन बुद्धिजीवी भाइयों को हम कष्ट नहीं देते। जैसा कि आज का विषय है, आप लोग हमें बताएंगे कि पराजय के कारण क्या हैं और उन पर प्रकाश डालेंगे। एक भाई साहब, ज़रा अपना चरखा चलाना बंद कर दीजिए। दूसरे वक्ता का ध्यान आकर्षित होता है। हां, आप बोलें।...

पराजितों में एक सज्जन चरखा चला रहे थे। उन्होंने संयोजक को क्रोध से देखा और बंद कर दिया।

'तीस साल चलाया नहीं, अब शुरू किए हैं !' कोई बड़बड़ाया।

एक बुद्धिजीवी खड़ा हुआ। छोटे कद का गोल-से चेहरे का वह बुद्धिजीवी बरसों अपने आपसे यह सवाल पूछता रहा है कि मेरा जन्म कवि के रूप में मेक्सिको

या यूरोप में क्यों नहीं हुआ, लड़की पाने में इतनी कठिनाई तो न होती ! इधर वह स्थायित्व और परिवार के सुख का ध्यान रख राजनीति से सक्रिय जुड़ कर बहुत ऊंचे स्तर पर पहुंच गया था। उसने बोलना शुरू किया–

'मैं नहीं समझता हूं कि कवि के रूप में मैं नागरिक हूं या नागरिक के रूप में कवि और उस माने में मैं नहीं समझता कि कविता का ताल्लुक समाज से और समाज का ताल्लुक कांग्रेस से कुछ हो सकता है और ताल्लुक शब्द की क्या व्याख्या की जानी चाहिए। आप जानते हैं, कांग्रेस से मेरा संबंध क्या रहा है, जैसा कि मेरा संबंध कविता से रहा है और मैं कांग्रेस को कई मानों में कविता समझता रहा और मेरे लिए कविता हमेशा कांग्रेस रही है। पराजय एक बोध है, हर व्यक्ति कहीं-न-कहीं अपने अंदर से पराजित रहा है। इस पर मैंने एक लंबी कविता लिखी थी, जिसे मुक्तिबोध ने पढ़ा था। इसकी गहराई में जाया जा सकता है और कुछ समाजशास्त्रीय वजहें हो सकती हैं, जिन पर गौर किया जा सकता है। कांग्रेस पराजित हुई है उत्तर में, दक्षिण में नहीं हुई। हमें उत्तर और दक्षिण के अंतर को समझना होगा। मैं दक्षिण गया था, मैं विदेश गया था, मैं यूरोप और अमरीका भी गया। ठंडे मुल्क हैं। वहां की बात ही अलग है। वहां भी प्रजातंत्र में हार-जीत होती है, मगर मैंने खास तौर से वहां की कविता पर विचार किया। मैं वहां कुछ सोचने-समझने वालों से भी मिला था। ज़्यादा वक्त तो नहीं मिला, फॉरेन एक्सचेंज की भी दिक्कत थी, मगर वे चिंतित थे कि भारत में डिक्टेटरशिप न आ जाए। मैंने बात की, जैसे आपसे आज बात करने का मौका मिला। हर कवि अपने में एक डिक्टेटर होता है–भाषा का और भाषा से समाज का गहरा संबंध है। दक्षिण में कई भाषाएं हैं और मनुष्य का मनुष्य से ताल्लुक कमज़ोर है। कांग्रेस की जीत की यह वज़ह हो सकती है। हमें उत्तर भारत के विषय में सोचना होगा। हिंदी कई किस्म से लिखी जाती है। आवेदनपत्र की भाषा कविता की भाषा नहीं हो सकती, यद्यपि कविता भी एक आवेदन है। आप इस पर विचार करें। बहुत बड़ा सवाल है। पराजय का कारण, जहां तक मैंने विचार किया है, यही है कि लोगों ने वोट नहीं दिए। मैं क्या कर सकता हूं ? मैं सिवा कविता के क्या कर सकता हूं ? अब तो मैं कविता भी नहीं करता। यों, कर सकता हूं। आप कांग्रेस कर सकते हैं। यह आपके सोचने की बात है।'

इतना कहकर वह बैठ गया। संयोजक-नुमा नेता ने भाषण का संक्षेप करते हुए कहा, 'बुद्धिजीवी ने अभी बहुत अच्छी बात कही। कांग्रेस और कविता का संबंध खूब जोड़ा। अब कांग्रेस तो सभी जगह रही है। पराजय को आपने बोध

कहा और उसका संबंध मुक्तिबोध से जोड़ा और इस सिलसिले में विदेश-यात्रा के अनुभव बताए। दक्षिण में कई भाषाएं हैं, पर राजस्थान में तो सब राजस्थानी बोलते हैं। तो वहां सिर्फ एक ही सीट क्यों मिली ? इस पर हमें विचार करना है। जिस आवदेनपत्र की बात बुद्धिजीवी जी ने कही है, वे हमें दे सकते हैं—अभी भी। हम कोशिश करेंगे कि मंजूर हो जाए। अब मैं दूसरे बुद्धिजीवी जी से निवेदन करता हूं कि वे कुछ बोलें।'

दूसरे बुद्धिजीवी खड़े हुए। कुछ देर सिर को झुकाए मनन-सा करते रहे और एकाएक झटका दे कर मुंह ऊंचा कर बोलने लगे—'मैं स्वयं को शून्य में पाता हूं आज यह देख कि मां भारती को यह कैसा मतिभ्रम हुआ और क्यूं ? बाग है, बसंत भी आया है, पर कोकिल नहीं रहा। रात भर रोती रही शबनम किसलिए ? क्या चुनाव के परिणाम सुनकर ? नहीं नहीं, कोई अन्य कारण रहा होगा। मन मान नहीं रहा है। यह कैसा दुःस्वप्न है ! मां दुर्गा के मंदिर का वह दिव्य घंटा आज बज क्यों नहीं रहा ? क्या प्रातः की बेला नहीं आई ? आज चंचल पवन कुमारिकाओं के दुपट्टे से क्यों अठखेलियां नहीं कर रहा ? अरे बावले, क्या तुझ पर भी अनुशासन था ? नहीं, कोई और बात है; वाह रे छलिये, तुझे छेड़ने को हम ही मिले ! अरे सलोने, वोट नहीं देना था, तो बता तो देते। क्या मेरे सपनों में आने की भी तुम्हें बंदिश थी, हठीले ! ऐसा हो नहीं सकता। लगता है, खबर गलत है। हाय डाकिये, यह कैसी चिट्ठी तू आज थमा गया ! नहीं नहीं, यह पता मेरा नहीं है; वह देखो, कौन आ रहा है क्षितिज के पार से ! क्या है उसके हाथों में ! कहीं हमारा वोट तो नहीं ! रे मानव, कहां भटक रहा है तू ? आ, मेरे समीप आ। आ ! मेरे समीप आ ! आ ! आ ! आ ! आ जा ! आ जा ! आ जा ना ! क्या कहा ? नहीं आता ! नहीं आता ! हे प्रभु, यह धरती फट जाए और मैं इसमें समा जाऊं। पर हाय, ऐसे भाग्य कहां ! एक बात बताऊं, मैंने आशा नहीं खोई है, नहीं खोई है आशा। वह आएगा, वह एक-न-एक दिन इस अभागिन के द्वार अवश्य आएगा। तब तक मैं प्रतीक्षा करूंगी तेरी, ओ सलोने !''

वे बैठ गए। उनकी आंखों में आंसू छलछला आए थे। कुछ लोग यह देख हंसे। कुछ रोने लगे। संयोजक खड़े हुए—'कुछ न कहकर सब कुछ कह गए हैं आप। सचमुच मां भारती ने बड़ी चोट की कांग्रेस पर। पर कोई बात नहीं। हम एक-एक को देख लेंगे। मैं बुद्धिजीवी को यह विश्वास दिलाता हूं कि घण्टा बजेगा और जो शख्स उधर दूर खड़ा है क्षितिज के पास, वह क्या, उसका बाप आएगा। आप रोएं मत। अब तीसरे बुद्धिजीवी जी बोलें।'

'मैं भूमिका नहीं बांधूंगा, सीधे विषय पर आता हूं। आपातकाल क्यों लगाया गया ? केवल प्रतिपक्ष के नेताओं के लिए। साहित्य क्या खतरा नहीं था ? हमने प्रतिक्रियावादी लेखकों की पूरी सूची बनाकर दी थी। सबको जेल में क्यों नहीं डाला गया ? कुछ को सताकर आपने कर्तव्य की इतिश्री समझ ली ! काहे ? आपातकाल लागू होने के फौरन बाद एक चित्रकार ने चित्र बनाकर भेंट किए श्रीमती गांधी को। अन्य चित्रकार ? उनमें से कई थे, जो बनाना चाहते थे और बनाए उन्होंने। क्यों ? चमड़ी बचाने के लिए। पर जिसने नहीं बनाए, उसे जेल में क्यों नहीं डाला ? आपातकाल लागू किया, पर उसका पूरा मजा नहीं लिया। प्रस्ताव था कि कत्थक केन्द्रों से लड़कियां भेजकर उन क्षेत्रों में नचाई जाएं, जहां गिरफ्तारियां ज़्यादा हुई हैं। पर यह काम भी ढीला रहा। क्यों ? जलसों के आयोजन कम हुए। लोगों को समस्याओं पर सोचने का वक्त नहीं देना था। काम ढीला किया, तो भुगतो। माना कि आम जनता और समाज मूर्ख है, पर आपको तो होशियार रहना चाहिए। जेल में कई मरे, पर उनका प्रतिशत अधिक नहीं। दोष किसका है ? जेल-व्यवस्था का। आपातकाल अधूरे मन से लागू हुआ। हम आलोचकों और प्रगतिशील विद्वानों को पूरी तरह विश्वास में नहीं लिया गया। मैंने कहा था कि अब देख लेंगे हम उन्हें, जो व्यंग्यकार बनते हैं। अगर जान की खैर चाहते हैं तो जल्दी प्रतिबद्ध हो जाएं। पर जो नहीं हुए, उन्हें जेल में क्यों नहीं डाला, हंटरों से क्यों नहीं पीटा ? जब कि हम निवेदन कर चुके थे उस बैठक में, जो बुद्धिजीवियों की आपने बुलाई थी। यदि त्वरित गति से ये कदम उठाए जाते, तो आज आपको यह पराजय नहीं देखनी पड़ती।'

वे क्रोधित मुद्रा में बैठ गए। संयोजक ने धन्यवाद देना चाहा, पर तभी एक पराजित नेता खड़े हुए और बोले--'हम एक प्रश्न पूछना चाहते हैं ?'

'पूछिए।'

'इन तीनों उल्लू के पट्ठों का कांग्रेस से कब ताल्लुक रहा ? और रहा, तो इसका जिम्मेदार कौन है ? किसने घुसने दिया इन लोगों को पार्टी के दफ्तर में ?'

'आपने बुद्धिजीवियों से सहयोग की अपील की थी, इसलिए हम आए।'

'निकालो इन्हें ! बाहर करो इन दुष्टों को !' एक आवाज़ आई।

'हमारी प्रतिष्ठा है साहित्य में। हम अकादमी के सदस्य हैं, हमारी रचनाएं कोर्स में लगी हैं, हम दूरदर्शन पर बोलते हैं, पर कमेटियों में हैं; हमें ऐसा-वैसा न समझिए आप।''

पर किसी ने नहीं सुना। उस धक्का-मुक्की में जो हुआ, हमारे बुद्धिजीवी मित्रों पर जो बीती, उसका वर्णन हम नहीं करेंगे, क्योंकि हमें साहित्य की इज़्ज़त का पूरा खयाल रखना है। अतः इस प्रसंग को भूल जाइए। समझिए, कुछ न हुआ। मारपीट में जो चरखा टूटा, हमें उसका खेद है।

नाई-नाई बाल कितने?

उनके बाल सीधे खड़े थे और उनमें हल्की-सी मांग निकली हुई थी। आयोग के कक्ष में घुसने के पूर्व अभी-अभी उन्होंने बरामदे में खड़े-खड़े जेब से कंघी निकाल अपने बाल संवारे थे और तब वे अन्दर आए थे।

आयोग के वकील ने प्रश्न किया, 'आपके सिर पर बाल हैं या नहीं ?'

'मुझे नहीं पता।' उन्होंने उत्तर दिया। उत्तर देने के बाद वे गर्व से दर्शकों की तरफ घूमे और मुस्कराए।

'क्या आप नहीं जानते कि आपके सिर पर बाल हैं ?' वकील ने फिर प्रश्न किया।

'जी नहीं, मैं नहीं जानता।'

'आपको कभी आईना देखने का अवसर नहीं प्राप्त हुआ ?'

'जी नहीं। मैं आईना नहीं देखता।'

'आप अपनी शकल से डरते हैं ?'

ज़ोर से ठहाका लगा।

'जी नहीं। मैं किसी की शकल से नहीं डरता। अपनी शकल से भी नहीं।' उन्होंने मुस्कराकर उत्तर दिया।

'आपके बारे में यह कहा जाता है कि आपके सिर पर बाल हैं।'

'मैं ऐसी झूठी खबरों पर विश्वास नहीं करता।'

वकील थोड़ा ऊब चुका था। उसने नये सिरे से सवाल उठाया।

'कभी आपने हाथ फेर यह देखा कि आपके सिर पर बाल हैं या नहीं ?'

'जी नहीं।'

'क्यों ?'

'मैं जिस पद पर था उसमें यह ज़रूरी नहीं था कि मैं सिर पर हाथ फेरूं।'

'क्या यह आपके कत्तव्यों में नहीं आता था ?'

'आता होगा। मैंने कभी इसकी ज़रूरत नहीं समझी।'

वकील क्रोधित हो चुका था। उसने जोर देकर पूछा। 'क्या आप यह कहना चाहते हैं कि आप गंजे हैं ?'

'मैंने ऐसा कभी नहीं कहा।'

'मैं कह रहा हूं कि आपके सिर पर बाल हैं।' वकील चीखा।

'तो आप गवाही दीजिए, मुझे यहां क्यूं खड़ा कर रखा है।'

इस पर फिर लोगों में ठहाका लगा। उन्होंने फिर गर्व से लोगों की ओर देखा।

'आप बताना क्यों नहीं चाहते कि आपके सिर पर बाल हैं या नहीं ?'

मैं कह चुका हूं महाशय कि मैंने तब गोपनीयता की शपथ ली थी और मैं शासकीय रहस्य उद्घाटित नहीं कर सकता।

'हम शासकीय रहस्य नहीं आपका रहस्य जानना चाहते हैं।'

'मेरा कोई रहस्य नहीं।'

'आपके सिर पर बाल हैं या नहीं ? आप गंजे हैं, या आपने विग लगा रखा है ? या असली बाल हैं ? आयोग यह जानना चाहता है।'

'मैं जानता होता, तो मुझे बताते हुए खुशी होती।'

'आप जानते हैं।'

'मैं नहीं जानता।'

'सारा देश देख रहा है कि आपके सिर पर बाल हैं और आप कहते हैं मैं नहीं जानता।'

'मैं यही कहना चाहता हूं श्रीमान कि हमें यहां बुलाने के पहले से आप लोगों ने, चंद धारणाएं बना रखी हैं, जिन्हें हम पर थोपा जा रहा है। यह जो कुछ चल रहा है। हमारी चरित्र हत्या का प्रयास और राजनीतिक स्टंट है। हम इसका विरोध करते हैं।' वे आयोग की ओर देख कर गरजे।

'मैं आपको बता दूं कि ऐसी कोई पूर्व धारणा हमने नहीं बनाई है, हम सिर्फ इस वास्तविकता का पता लगाना चाहते हैं कि आपके सिर पर बाल हैं या नहीं ?' आयोग ने उन्हें शांत करते हुए वकील से कहा, 'आप पूछिए ?'

'आपके सिर पर बाल हैं या नहीं ?'

'मुझे नहीं पता।'

'श्रीमान मुझे इनसे कोई प्रश्न नहीं करना। ये जा सकते हैं।'

'आप जा सकते हैं।' आयोग ने उनसे कहा।

वे आदर से झुके, गर्व से मुस्कराए और सीना तान आयोग के कक्ष के बाहर निकल गए। स्वयंसेवकों, चमचों और फालतू नारा लगानेवालों की एक जमात ने उन्हें घेरा और उनकी जयजयकार के नारे लगाए। उन्होंने जेब से कंघी निकाल बालों पर फेरी और उसी मेटाडोर में घुस गए, जिससे आए थे।

मेटाडोर चली गई।

उन लोगों ने फिर कहा—बोल असत्यनारायण भगवान की...। सबने कहा—जय।

फिर वे आयोग के सम्मुख नये गवाह के उत्तर सुनने लगे।

'आपके हाथों में कितनी उंगलियां हैं ?' वकील ने प्रश्न किया।

'मुझे नहीं पता।' उत्तरों की शुरुआत हुई।

जो टायर थे, वे टायर ही रहेंगे

जो एक बार टायर होता है, वह हमेशा टायर होता है, कितना ही चले, घिसे, दाएं-बाएं मुड़े, उल्टा-सीधा घूम जाए अर्थात् अपनी नज़र में समझे कि वह प्रगति कर रहा है, पर वह टायर ही रहता है। पहिया, चक्र, चक्का, जिसका काम है—ऊपरवाला ड्राइवर जब स्टार्ट कर दे, जैसा घुमाए, जहां घुमाए, वहां चले जाना और जब वह रोके, रुक जाना। सारे अनुभव, श्रम, संघर्ष और प्रगति के बावजूद यदि वह समझे कि वह किसी दिन उठकर इंजन हो जाएगा, या ड्राइवर, या एक मुक्त मुसाफिर, जो अपनी मंज़िल खुद निश्चित करता है, वहां तक पहुंचता है, उतरता है और नयी मंज़िलों की तरफ बढ़ता है, तो वह नहीं हो सकता। जो टायर था, वह टायर ही रहेगा।

यह हो सकता है कि जो शायर थे, वे शायर न रहें, और अक्सर ऐसा होता है कि वे अधिक ठोस यथार्थवादी जमीन से जुड़ कुछ और हो जाते हैं। यह भी हो सकता है कि जो कायर थे, वे कायर न रहें। अपनी कायरता का भान, अस्तित्व का आखिरी संघर्ष या किसी ईसा, गांधी, लेनिन या माओ के प्राण फूंकने से वे कायर न रहें, पर टायरों के बारे में बहस फिजूल होगी। उनके विषय में यह अन्तिम रूप से कहा जा सकता है कि जो टायर थे, वे टायर ही रहेंगे।

टायर का अपना अहं हो सकता है कि गाड़ी वही संभाले है, उठाए हुए है और उसके कारण गाड़ी चल भी रही है। अहं की इस हवा में टायर ज़्यादा फूल भी जाता है, पर जिसने उस टायर को फिट किया है, वह उसकी औकात जानता है कि कितना माईलेज़ देगा, कितने दिनों चलेगा और औकात जानकर ही वह हमेशा एक स्टेपनी तैयार रखता है कि इन टायरों का क्या भरोसा ?

यों अपनी गाड़ी के संदर्भ में टायर बड़ी प्रतिबद्ध किस्म की चीज़ होता है, इंगित का इन्तज़ार करता प्रगति को लालायित, दौड़ पड़ने को बेचैन, पर उसकी

गति ऊपरवाला ड्राइवर ही निश्चित करता है। आप गति का निश्चय टायर पर नहीं छोड़ सकते। जो बच्चे सड़कों पर हाथ से टायर दौड़ाते हैं, वे भी जानते हैं कि अभी गुड़काया टायर कितनी दूर जाकर, यदि पकड़ा नहीं गया तो, खुद-ब-खुद गिर पड़ेगा। टायर तो अपने दम पर खड़ा भी नहीं रह सकता, चलना तो दूर की बात है। उसे मुक्त छोड़िए, तो वह फट देनी से गिर पड़ेगा। बेचारे के न सर होता है न पैर। चाहे उसकी गति चौगुनी हो, पर वह घिसटते, चलते मुक्त पैरों की बराबरी नहीं कर सकता। बल्कि वह पैरों से नियंत्रित होता है, क्लच, ब्रेक आदि द्वारा। टायर आखिर है क्या, होता कौन है, उसमें हवा कितनी है, कब तक रहेगी और जो भी हो, सिर्फ टायर ही है ना, और कुछ तो नहीं ? कुछ हो भी नहीं सकता बेचारा। टायर तो टायर ही रहेगा।

आप टायर की खैरख्वाही समझ सकते हैं। कितने ही कंटीले, पथरीले, ऊबड़-खाबड़ रास्ते पर मालिक की किस्मत गाड़ी को ले आए, टायर का काम वहां भी चलने का प्रयत्न करते रहना है। गड्ढे में भी उतर जाए, पर टायर निरंतर गोल-गोल घूम वहां से निकलने, आगे बढ़ने का प्रयास करता रहता है। अपनी प्रतिबद्धता का मारा टायर क्या-क्या नहीं करता, कहां-कहां नहीं जाता, किस हद तक नहीं जाता ? टायर को हर हाल में जाना है, चलना है, गोल-गोल घूमना है। इसके अलावा वह क्या कर सकता है। आप ही बताइए एक टायर निरंतर टायर बने रहने के अतिरिक्त और क्या कर सकता है ?

गौर से देखिए, तो अपने आप में यह अत्यन्त करुण प्रसंग है। टायर का टायराना दायित्व गौरव का नहीं करुणा का मामला है। उन्हें तो हर हाल में उस टूटी-फूटी गाड़ी से बंधे रहना है, जो अपनी सार्थकता खो चुकी, वर्तमान सदंर्भ में बेमानी है, जिसका हर पुर्ज़ा ढीला, टूटा हुआ, भ्रष्ट है। पर बिचारे टायर इस मामले में क्या कर सकते हैं। वे उसी बोझ को अपने पर उठाए, अतीत की अपनी तीव्र गति की यादों में डूबे हुए, गैरेज के मैकेनिकों से उम्मीद लगाए कि भविष्य में कभी गाड़ी ठीक हो जाएगी, खड़े-खड़े सड़ते रहने के अतिरिक्त उनकी और क्या नियति है ? बिचारे टायर नहीं जानते, टायरों को क्या पता कि चाहे वे अपने को कितना ही ज़मीन से जुड़ा समझ रहे हों, कितना ही ज़िम्मेदार, आकांक्षी और मशीन के अन्य भागों से भिन्न और सक्रिय, पर कुल मिलाकर वे भी एक पुर्ज़े हैं, जो हर मील पर घिसते जाते हैं। घिसे हुए टायर वल्केनाइज़ होते हैं, फिर टायर हो जाते हैं। जीवन के भिन्न अनुभवों से उनका टायरत्व नहीं बदलता। एक बार टायर, बार-बार टायर, हज़ार बार टायर।

हो सकता है, कभी टायर विद्रोह करते हों, जैसे यही कि कभी वे पंचर हो जाते हैं, या बर्स्ट और गाड़ी रुक जाती है। ऐसे में उन्हें फौरन अलग कर उनकी मरम्मत होती है। और पहला मौका लगते ही पंचर को ठीक कर टायर फिर लगा दिया जाता है। फिर चलने लगता है। टायर को, सारी विद्रोही और क्रान्तिकारी मुद्राओं के बावजूद अन्त तक टायर ही रहना है।

जो भी हो, टायर के प्रति मेरे मन में श्रद्धा का भाव है, दया है, ममता है, स्नेह है। सबके मन में होता है। टायर अन्दर से कोमल रबड़ के हवा भरे, हल्के-फुल्के, संवेदनशील और ज़रा में फिस्स हो जानेवाले होते हैं और यद्यपि ऊपर से कड़े, भारी, सशक्त, जिसे 'मेन्सफील्ड' टायर के विज्ञापन की तरह पहलवान ही उठा सकता है। एक हद तक खूंखार लगनेवाले ये टायर जो अपनी निर्मम टक्कर से बूढ़ों को मार सकते हैं, जवानों को अपाहिज और बच्चो को कुचल सकते हैं, इतने पापी लगने के बाद भी दोषी नहीं होते। बिचारे टायर हैं, उन्हें क्या पता, वे कहां जा रहे हैं, क्यों जा रहे हैं, किसे कुचल रहे हैं ! टायरों की आंखें नहीं होती ना, वे सिर्फ चलना जानते हैं। बिचारे !

मैंने गाड़ी से अलग कर दिए जाने के बाद इन टायरों को घर की छत पर, बाहर यहां-वहां पड़े सड़ते देखा है। तब भी वे गोल होते हैं, कोई घुमाए, तो घूम सकते हैं, पर वे पड़े रहते हैं। शायद तब वे ताज्जुब से सोचते होंगे कि आजकल हमारी प्रगति का क्या हुआ, हो क्यों नहीं रही है। वे बिचारे नहीं जानते हैं कि समाज, साहित्य, पत्रकारिता, प्रशासन, आर्थिक चक्र या राजनीति, जिस भी गाड़ी में वे जुड़े हों, वे महज टायर थे, और कुछ नहीं। वे नियंता नहीं थे। वह हो भी नहीं सकते थे। जो गोल होते हैं, उनका न कोई आरम्भ होता है और न सिरा। वे बस गोल होते हैं। यही उनकी जाति होती है। जैसे मायर, जो मायर थे, वे मायर ही रहेंगे। जैसे वायर, जो वायर थे, वे वायर ही रहेंगे। उसी तरह टायर, जो टायर थे, वे टायर ही रहेंगे। बिचारे प्रशस्ति और बचाव से ऊपर उठ सटायर (व्यंग्य) भी तो नहीं हो सकते। बिना दृष्टि, बिना मुक्ति बिना, आत्मबल कोई क्या हो सकता है ? वे केवल टायर ही रहेंगे।

ऐसे समस्त टायरों के प्रति, जो मन्त्रियों की इंपाला, फीएट, एंबेसेडर गर्वमेंट जीप, पुलिस की गाड़ी में लगे प्रगति का भ्रम पालते यहां-वहां अनुशासन में सरपट दौड़ते रहे, मैं निरन्तर प्रगतिशीलता की शुभकामना करते हुए कि वे कभी डगमग न हों, डगडग न करें, अपनी हवा में खुद को फुलाए, कुचल देने के अहं से स्वयं

आक्रांत घिसते रहने का अभिशाप ढोते, अपनी सड़क, अपने राजपथ से जुड़े हुए लगातार इसी तरह चलते रहें, भागते रहें, कभी बदले न जाएं; स्वयं अपने को न बदलें, जस के तस गोल-गोल, अन्दर से हल्के बाहर से भारी बने रहें, यही कहना होगा कि अपने सारे वक्तव्यों के बावजूद, जो टायर थे वे टायर ही रहेंगे। बिचारे !

कालपात्र

मुझे शॉक लगना था और लगा। कालपात्र में कुछ महत्त्वपूर्ण नाम छूट गए हैं। डॉ. राजेन्द्र प्रसाद, सुभाष बोस, शरद जोशी आदि। ऐसा होना नहीं चाहिए था। कालपात्र रखने के लिए कांग्रेस शासन ने लेखकों के नाम देखने के लिए कहीं हिन्दी साहित्य का इतिहास तो नहीं पलट डाला ? उसमें मेरा नाम नहीं है। अथवा लेखकों की डायरेक्टरी—उसमें भी मेरा नाम नहीं है। जानकर प्रसन्नता हुई कि भूल-सुधार के लिए जनता सरकार कालपात्र वापस निकाल रही है। कृपया अब सुधार कर लें। मेरा नाम शरद जोशी है। कालपात्र में रखे जाने योग्य। एक सुपात्र।

जब कालपात्र उतारा जा रहा था, तभी मुझे शक़ था कि इन लोगों ने हस्ब मामूल मेरे साथ चोट की होगी, पर मैं नम्रता का मारा रह गया। मनुष्य के विकास में संस्कार इसी तरह आड़े आते हैं। कालपात्र की सामग्री गोपनीय रखी गई। अज्ञेय, नामवर, कमलेश्वर वगैरा चुप थे और बयान नहीं आ रहे थे। इससे साफ जाहिर था कि ये संतुष्ट हैं और कोई गुटों का समझौता हो चुका है। उत्तर प्रदेश में असंतोष की लहर नहीं थी, अर्थात कालपात्र पर कब्ज़ा पूरा होगा। मैं तो जानना चाहता था कि तमिल लेखक क्या कर रहे हैं और हरिजनों के प्रतिनिधित्व के सवाल पर जगजीवन राम क्या कहते हैं। कालपात्र में उनकी उपेक्षा तो नहीं हो रही ?

अब कालपात्र वापस ऊपर आ रहा है। प्रति पांच वर्ष में चूंकि उसे बार-बार ऊपर आना है, अतः मेरा सुझाव है कि इस बार उसे एक कुएं में ज़ंजीर से लटका दिया जाए ताकि नये नाम जोड़ने हों, ज़ंजीर खींच कालपात्र निकाल, जोड़ दिए जाएं। इससे पंचवर्षीय योजना—व्यय में कोई सत्तर हज़ार की बचत होगी।

दूसरे, यह हो सकता है कि इस कांग्रेसी कालपात्र को जस का तस पड़ा

रहने दें और जनता कालपात्र उतारा जाए। जिसमें इलाहाबाद हाई कोर्ट के फैसले से लेकर शाह कमीशन की रिपोर्ट तक सब रख दिया जाए। प्रतिपक्ष से सहयोग लेकर मोरारजी-भावना के अनुकूल यह समझौता कर लिया जाए कि भविष्य में दोनों दलों को अपना-अपना कालपात्र निकाल, उसमें जोड़ने-घटाने का अधिकार रहेगा। श्री यशवंतराय चह्वाण इस बारे में अपने दल से पूछताछ कर जवाब दे सकते हैं।

कालपात्र में अपना नाम डलवाना हर मनुष्य का प्रजातांत्रिक अधिकार होना चाहिए। जन्म और मृत्यु पर सरकारी नियंत्रण बहस का मामला हो सकता है, पर अमरता के मामले में सरकारी दखलंनदाज़ी के हम खिलाफ हैं। (और यह जयप्रकाश नारायण की समग्र क्रांति की धारणा के विपरीत भी है।) सरकार को चाहिए कि हर ज़िला केन्द्र पर अमरता का एक स्थायी गहरा गड्ढा खुदवा दे, जिसमें लोग अपना अथवा अपनी संस्था का नाम अमर करने की खातिर जब चाहें कालपात्र उतार सकें। दूसरों के कालपात्र कोई चोरी न कर सके, इस खयाल से रात में गड्ढे की चौकीदारी का पुख्ता इंतज़ाम हो।

ज़रूरत हो तो थाना-कोतवाली 'अटैच' रहे और गड्ढे में थूकने की सख्त मुमानियत हो। भविष्य की बढ़ती खपत को देख सरकार कालपात्र बनाने के कारखाने के लाइसेंस इशू करे। इज़ारेदारी को बढ़ावा नहीं दिया जाए।

अमरता-प्राप्ति के समांतर प्रयासों की प्रवृत्ति देख, आश्चर्य नहीं जल्दी ही देश में समांतर कालपात्र आंदोलन पनप जाए और भविष्यवासियों को सही सूचना देने के उद्देश्य से भी ओक 'ताजमहल पहले हिन्दू मन्दिर था' और रुखसाना सिंह 'संजय गांधी अच्छा आदमी है' किस्म की जानकारियों के कालपात्र गाड़ने के लिए गड्ढे खोदते नज़र आएं।

पर फिलहाल मसला यह है कि कालपात्र बाहर आ रहा है और उसमें रखी सामग्री का पुनरीक्षण कर उसे फिर उतारा जाएगा। सवाल यह है कि नई सामग्री में जनता पार्टी के घटकों के विचारों का प्रतिनिधित्व किस अनुपात में किया जाएगा और इस विषय में नीति क्या रहेगी ? कांग्रेस की ऐतिहासिक भूलों पर चौधरी चरणसिंह का विचार, लोहिया क्या चाहते थे से लेकर 'आर. एस. एस. को गलत समझा गया' तक सारी बातें आ जाएंगी, पर अकाली दल और मार्क्सवादी कम्युनिस्ट निश्चित ही इतिहास को अपने नज़रिये से पेश करना चाहेंगे। इस तरह कालपात्र की सामग्री पर घटकों में मनमुटाव की आशंका है। हस्ब मामूल यह जानना ज़रूरी है कि चंद्रशेखर क्या कहते हैं। प्रधानमन्त्री चुप रहना या उत्तर टालना पसंद करेंगे ?

मुझे शक है कि कुल कितनी जगहों पर कालपात्र रखे गए हैं। इसकी पूरी जानकारी श्रीमती गांधी ने देश से छुपाई है। मारुति कारखाने और श्रीमती गांधी का फार्म खोदकर देखे जाएं तो और भी कालपात्र मिलने की संभावना है। ज़रूरी है कि जनता सरकार उन्हें तुरन्त खोजकर निकलवाए और यदि शरद जोशी का नाम महापुरुषों की सूची से गायब हो तो आवश्यक भूल-सुधार कर आगामी कल के भारतवासियों को एक महत्वपूर्ण सूचना से वंचित न रखें। सूचना यही कि हम भी थे। अमरता के हकदार।

अलविदा पद्मश्री

सारे पद्म रातोंरात कुम्हाला गए। मान्यवरों ने सुबह उठकर देखा कि वे न पद्म-भूषण रहे, न पद्मश्री। प्रतिष्ठा की ऐगमार्क सील, आई. एस. आई. का ठप्पा साफ हो गया। मेरे जितने पद्मश्री दोस्त हैं, उन्हें सहानुभूति का लम्बा तार भेजकर अभी-अभी लौटा हूं। बेचारों का जीवन अकारथ गया। सरकारी महफिलों में सस्ते दाम पर दरबारी कान्हड़ा गाने वाले, घोड़े से लेकर इन्दिरा गांधी तक किसी भी विषय पर चौबीस घण्टे में तीन पेंटिंग तैयार कर स्टूडियो से बंगलों को जोड़ने में प्रवीण, मोटे उपन्यास को शाश्वत साहित्य और कविता के काठघोड़ों पर बैठ मन्त्रियों, अफसरों के लॉन पर बौद्धिक कुदकड़े मचाने वाले साहित्यिक बौने, ब्लैक की राशि चन्दे में देकर दिल्ली की मुस्कान खरीदने में प्रवीण व्यवसायी निराश हैं। पद्मश्री न मिली तो इस देश में अब मिलने को रह क्या गया ? मेरा मन आज उन सबके लिए दया से भर गया है। सुबह आठ बजे जो मेरे मुंह से 'च्-च्-च्-च्' निकली थी, उनके ही लिए थी।

इस देश में कोई शरीफ शराफत के लिए शरीफ नहीं होता। उसकी मजबूरी है कि कुछ साल बाद उसे चुनाव लड़ना है। आज की भलमनसाहत वह कल वोटों में भुनाएगा। संस्कृति और समाजसेवा यदि कालांतर में राज्यसभा की सीट में न बदली, प्रगतिशीलता के मुखौटे ओढ़ने पर रूस का निमंत्रण न मिला, तो लानत है सिद्धांत और जीवन पर। निजी फायदा न हो तो लेनिन-गांधी, सब बेकार हैं।

पद्म कुम्हला गए तो अब लक्ष्मी कहां विराजेगी ? सब सड़कछाप हो गए। कैरियर का चरमबिन्दु क्या रहा ? कवियों ने उस भौंरे का जिक्र किया है जो कमल के इर्द-गिर्द मंडराता, उसमें उठता-बैठता। अंततः रात को पांखुरियां सिमटने पर उसी में बन्द होकर रह जाता है। पद्मश्री और पद्मभूषण भी मंडराने वाले

प्रतिभावान भौरों के लिए वैसे ही कमल साबित हुए, जिसमें वे बन्द हो गए थे। बीस माह तक वे अपने पद्मश्री लिहाफों में मुंह ढके पड़े रहे। मूर्खता और नासमझी की ही नहीं, यह आत्ममुग्धता की इंतिहा थी कि वे अपने को सुरक्षित समझते रहे। हम तो कवि हैं कोई हमारा क्या बिगाड़ लेगा ?

भारतीय जीवन के शहरी कंकड़-पत्थरों के बीच में दिल्ली दरबार के 'रतन' बिखरे रहते। हर शहर में एक-दो पदमूश्री का अनुपात आने लगा था। आशा-निराशा के कीचड़ और परिवर्तन के प्रवाह से अपने कपड़े बचाते अदर-पदर जाते वे अलग ही लगते थे। रोज़ सुबह उठ वे अपनी पद्मश्री पर शहद लगाते और चाटते। शहद बदन को फायदा करता था। पद्मश्री से कोई फायदा नहीं होता। खेद है, अब वे शहद का सेवन भी बन्द कर देंगे। पद्मश्री नहीं रही तो लगाएंगे किस पर ? पद्मभूषण, पद्मश्री के समाप्त हो जाने से शहद उद्योग को बहुत नुकसान पहुंचेगा।

इस देश में घर से राजपथ को जोड़ने के लिए मक्खन की पगडंडियां हैं। उसी से मंज़िल पर पहुंच वे पद्मश्री और शहद की बोतल ले, घर लौटते हैं। अमरता दिल्ली में उपलब्ध है—और पैसों से। हर मिनट इतिहास लिखा जा रहा है और लोग नाम लिखवाने में लगे हैं। यह सिर्फ श्रीकांत वर्मा की नहीं, देश में बहुत-से लोगों की फिक्र है। साहित्य हो या कांग्रेस, कविता या दिनमान, अंततः सभी माध्यम हैं उसी एक चरम मंज़िल के, जहां पुस्तकों का कल्पवृक्ष लगा रहता है।

अब कल्पवृक्ष से क्या मांगेंगे ? फ्लैट, कार, बड़ी नौकरी, सुन्दर बीवी, विदेश यात्रा ? रोटरी-लायंस की अध्यक्षता प्राप्त कर लेने के बाद एक महत्वाकांक्षी हिन्दुस्तानी के पास मांगने को क्या शेष रहता है ? पद्मश्री ! वह चली गई। उसकी विदाई में आंसू बहाते लोगों ने लम्बी आह भर इंपोर्टेड ह्विस्की का जाम पिया होगा। अब हम अच्छे काम किस मकसद से करेंगे ?

हाइजैकाभिलाषा

पिछले दो माह में यह मेरी चौथी हवाई यात्रा थी, जब मैं बड़ी उम्मीद लेकर चढ़ा और निराशा में उतरा। हर बार मुझे लगता रहा है कि आज हमारा हवाई जहाज़ ज़रूर हाईजैक होगा। मैं एयरपोर्ट के मुसाफिरखाने से ही उन चेहरों को भांपता रहता, जो हाईजैक कर सकते थे। जिसके चेहरे पर हल्का-सा तनाव, बढ़ी हुई दाढ़ी, अपेक्षाकृत ऊलजुलूल कपड़े मैं देखता, उसीसे उम्मीद लगाने लगता कि यह शख्स हाईजैक करेगा। पर पिछले दो माह में यह चौथी हवाई यात्रा है, जब ऐसा नहीं हुआ।

उस दिन मैं औरंगाबाद जा रहा था। चार-पांच लड़के ऐसे थे, जो मुझे हाईजैकर लगते थे। मैं पूरे समय टकटकी लगाए उन्हें देखता रहता कि अब वे उठें और कॉकपिट की तरफ दौड़ें, हाथ में पिस्तौल लिए, पर वे कंबख्त अन्त तक नहीं उठे। क्या जेनरेखन आ गई है, मैंने सोचा, अच्छा खासा हवाई जहाज़ हाईजैक करने को पड़ा है और वे कर नहीं रहे ! वे सब मेरे साथ ही औरंगाबाद में उतर गए। शाम को मैंने उन्हें होटल रामा इंटरनेशनल में ऊधम करते देखा, तो मुझे अच्छा नहीं लगा। वे अजंता-ऐलोरा देखने आए थे। क्या रखा है उनमें ! अरे, वह हम देख लेंगे। तुम लोग आए हो, तो एकाध स्काइजैक हो जाए।

इसके बाद दो बार फिर यही हुआ। हवाई जहाज़ उड़ा चला जा रहा था और कोई माई का लाल उसे हाईजैक नहीं कर रहा था। यदि इसी तरह सुस्ती रही, तो मुझे हाइजैक करना पड़ेगा, यद्यपि मेरे पास पिस्तौल नहीं है, होगी तो चला नहीं पाऊंगा, चलेगी तो गोली निशाने पर नहीं लगेगी। एक बार मेले में बन्दूक से गुब्बारे फोड़ने की कोशिश की थी, तो दो रुपये के छर्रे इस्तेमाल करने पर भी एक गुब्बारा नहीं फोड़ सका।

मैंने स्काइजैक की गांधीवादी संभावनाओं पर भी चिन्तन किया। भई, हमारा

रास्ता तो गांधीजी का रास्ता है। जो काम और लोग हिंसा और भय से करते हैं, वह हम अहिंसा और प्रेम से कर सकते हैं। स्काइजैक की गांधीवादी शैली यह हो सकती है कि मैं एयरहोस्टेस को सूचित कर दूं कि यदि आप इस यान को इजिप्ट नहीं उड़ा ले चलतीं, तो मैं और मेरे चार यात्री साथी भूख हड़ताल करेंगे, यहीं रामधुन गाएंगे और चरखा कातेंगे। वह सुनकर डर जाएगी, भागती हुई पायलेट तक जाएगी, पायलेट मुझसे चर्चा करेगा, प्रश्नोत्तर में मैं उसे प्रभावित कर लूंगा और हवाई जहाज़ को इजिप्ट या जो भी हवाई अड्डा हम उचित समझें, वहां उतार देगा। वहां हम अपनी मांगें प्रस्तुत करेंगे। मांगें क्या होनी चाहिए, इस पर तथा किन शब्दों में घोषणाएं की जाएं, यह मैं सोच ही रहा था कि एयरहोस्टेस मुस्कराती हुई नारंगी का रस ले आई और उसकी एक मुस्कान से मेरा वृत्त टूट गया। ज़िद और मुस्कान की जद्दोज़हद में अक्सर ही मुस्कान की जीत होती है मेरे मामले में जब कोई ज़िद मैं करता हूं और मुस्कराने वाली और हो। खैर, इस गांधीवादी संभावना पर भविष्य में विस्तार से विचार करूंगा और स्काइज़ैकिंग के अन्तर्राष्ट्रीय इतिहास में भारत के योगदान पर अपना निबन्ध लिख, युवकों में वितरित कर, उनसे आग्रह करूंगा कि आगे आएं और विश्व को बता दें कि हम गांधी जी के सिद्धांतों का पालन करते हुए भी स्काइजैंक कर सकते हैं।

पर फिलहाल वायुयात्रा में मेरी पीड़ा यह कह रही है कि स्काइजैक हो सकता था, पर नहीं हुआ। जो कर सकते थे, वे पोंगा निकले। आखिर इस बार उन दो लड़कों से जो उसी यान में थे और मेरे साथ बम्बई उतरे मैंने सांताक्रुज पर प्रश्न पूछ ही लिया। हम तब अपने सामान का इंतज़ार कर रहे थे और सामान था कि आ नहीं रहा था।

'आपने आज प्लेन हाइजैक क्यों नहीं किया ? मैं समझ रहा था आप ज़रूर करेंगे ?' मैंने पूछा तो वे दोनों मेरी ओर आश्चर्य से देखने लगे। फिर एक ने कहा—'आज हमने कोई ज़रूरत नहीं समझी।'

'आप कब करने की सोच रहे हैं ?'

'जब हमारे साथियों को जेल से छुड़ाना होगा।'

'कब छुडाएंगे ?'

'अभी कोई जेल नहीं गया।'

'कोई दूसरा कारण नहीं हो सकता ?'

'नहीं है।'

बात टूट गई। जब तक कोई ठोस वजह न हो, वे हाइजैक करने को राज़ी नहीं थे।

'मैं आपको एक भारतीय कारण दे सकता हूं। यदि आप उस प्रसंग पर प्लेन हाइज़ैक कर दें, तो दिल्ली में एक वर्ग आपके समर्थन में नारे लगाएगा।'

'कौन-सा कारण ?' उनकी आंखों में चमक आई।

'आप कहिए कि जब तक ब्रह्मानन्द रेड्डी इस्तीफा नहीं देते और इंदिरा गांधी को कांग्रेस का अध्यक्ष नहीं बनाया जाता, हम यात्रियों को नहीं छोड़ेंगे और हवाई जहाज़ में आग लगा देंगे।'

वे दोनों यह सुन आश्चर्य से मेरी ओर देख, हंसने लगे।

शतरंज के खिलाड़ी '78

यदि मुझे अवसर मिले और कोई प्रोडयूसर गांठ का पूरा हो, तो मैं 'शतरंज के खिलाड़ी' फिल्म फिर एक बार बनाना चाहूंगा। मैं सत्यजित राय की फिल्म से संतुष्ट नहीं हुआ। इस पूरी कहानी को मैं बिलकुल अलग रूप में सोचता हूं।

सो यों कि लोकेल लखनऊ नहीं, दिल्ली होगा। समय वर्तमान। शतरंज वही, खिलाड़ी वैसे ही। एक का चेहरा मोरारजी देसाई से मिलता हुआ और दूसरे का चरण सिंह से। दोनों खिलाड़ी खेल रहे हैं। ज़ाहिर है अपना भविष्य चौपट कर रहे हैं।

सत्यजित राय के खिलाड़ी इतने अनुभवी और इस कदर शौकीन होने के बावजूद ठीक से शतरंज खेलना नहीं जानते। टाइटल के वक्त मोहरों की गति में कुछ बुद्धि का आभास होता है। बाद के खेलों में लगता है, वे बार-बार पान खाने, डायलाग ठीक से बोलने भर में रुचि रखते हैं। जो खेल वे खेल रहे थे, वैसे बच्चे खेलते हैं। वे अक्सर गलत मोहरे पर उंगली रख देते थे और चाल असफल होने पर चिड़चिड़ाते थे, उल्टा-सीधा बकते थे। मैं अपनी फिल्म में शतरंज के खिलाड़ियों का सही चरित्र रखूंगा, पर विश्वास है मोरारजी चरण सिंह पर वह ज़्यादा खरा उतरेगा। ये लोग कहने को एक पार्टी के हैं, दोस्त, पर मिलते एक दूसरे को हराने और नीचा दिखाने के लिए हैं। इनके मोहरे इनके इशारों पर चलते हैं, मगर ये ठीक इशारा देना नहीं जानते। इनके मोहरे बड़बोले, अविश्वसनीय और मरने में उतावली दिखानेवाले हैं। राजनारायण को आप रुख की तरह चलिए या हाथी की तरह वह अपनी ही नहीं पूरी बिसात की पोल खोल देंगे। कांति इतना कमज़ोर है कि आप जब चाहें पीट दें, मगर उसके आगे वजीर बैठा है। जब तक वह नहीं हटता, आप कांति का क्या बिगाड़ लेंगे।

सत्यजित राय जब लखनऊ में फिल्म बना रहे थे, तब अक्सर पत्र-पत्रिकाओं में मैं पढ़ता था कि वे लखनऊ की कल्चर में गहरे, बहुत गहरे उतर गए हैं। मगर फिल्म में ऐसा कुछ नज़र नहीं आया। जितना है वह आम बाते हैं, जिन्होंने थोड़ा बहुत भी लखनऊ के विषय में जाना समझा है। मेरी फिल्म जनता पार्टी के वर्तमान वातावरण में बनेगी, इसलिए कल्चर के अध्ययन की कोई समस्या नहीं रहेगी। अशिष्टता और असभ्यता का थोड़ा अध्ययन करना पड़ेगा जिसमें कई लोक सभा सदस्य मदद करेंगे।''

हां, जनरल आउट्राम की कोई भूमिका नहीं रहेगी। यों भी सत्यजित राय ने जनरल की अपने सहायक से बातचीत के दृश्य इतने लम्बे लिए हैं कि फिल्म की गति मन्द हो जाती है। मैं अपनी फिल्म में जनरल आउट्राम की बजाय एक महिला को लूंगा, जिसकी शकल, आवाज़ और चरित्र श्रीमती गांधी की तरह होगा। जिस तरह जनरल अवध हड़पने की प्रक्रिया पर अपने सहायक से बातचीत करता रहता है, उसी तरह मेरी फिल्म में श्रीमती गांधी अपने संजय से चर्चा करती रहेगी कि कब्ज़ा कैसे किया जाए ? खिलाड़ी अर्थात् चरण सिंह और मोरारजी अपनी शतरंज में डूबे रहते हैं, गांधीवादी हथकंडे सोचते रहते हैं और सत्ता का लखनऊ हाथ से छिन जाता है।

सवाल यह है कि मेरी फिल्म में वाज़िदअली शाह कौन और कैसा होगा ? मैं उसे आम आदमी रखूंगा, नाम होगा वाजिद। वह भूमिका कोई भी कर सकता है। मैं कर सकता हूं, आप कर सकते हैं। कोई भी कर सकता है। जनरल आउट्राम की तरह मेरी फिल्म की श्रीमती गांधी प्रशासन में कमज़ोरी, नाकाबिलियत आदि के आरोप लगाती रहती है और इसी संदर्भ में दिल्ली पर कब्ज़ा जमा लेती है। मज़बूरी का मारा वाजिद, जिसकी भूमिका हम सब कर सकते हैं, अपना ताज उसे सौंप देते हैं। यह वही वाजिद का ताज है, जिसकी भूमिका हम सब कर सकते हैं, जिसकी नुमाइश पिछले दिनों विदशों में हुई थी। प्रजातंत्र का ताज, सिद्धांतों का ताज, आत्म- सम्मान का ताज। वाजिदअली शाह जिस तरह ताज उतार जनरल की तरफ मजबूरी में बढ़ाता है, उसी तरह मेरी फिल्म का वाजिद अर्थात् आम आदमी अपना ताज फिल्म के अन्त में श्रीमती गांधी की तरफ बढ़ा देगा। पराजय की वजह दोनों फिल्मों में समान होगी कि शतरंज के खिलाड़ी शतरंज खेलने में लग रहे। मोरारजी और चरण सिंह दोनों शतरंज खेलते हैं। एक-दूसरे का मज़ाक बनाते हैं, लड़ते हैं आपस में जब वे एक-दूसरे को हराने में व्यस्त हैं तब सारा शहर, सारा देश अपना सब कुछ हार जाता है 'शतरंज के खिलाड़ी'

के एक पात्र ने अन्त में कहा था 'जो अपनी बीवियां कब्ज़े में न रख पाए, वे हुकूमत को क्या कब्ज़ें में रखेंगे।' उसी तरह मेरा पात्र कहेगा, जो पार्टी ठीक से नहीं चला सके, वे देश क्या चलाएंगे।

सत्यजित राय तो कैमरा खुले में लाने से डरते थे। हमेशा महलों और कमरों में बन्द रहे। मगर अपना स्क्रीनप्ले ज़रा दूसरा ही होगा। वह तो पूरे दिल्ली में घूमेगा। सत्यजित राय की फिल्म में दर्शकों की प्रतिक्रिया सुस्त रहती है। हमारी फिल्म में दर्शक खूब ठहाके लगाएंगे। वह फ्लाप हुई, यह हिट होगी। कारण हमारे पात्र होंगे मोरारजी और चरण सिंह। प्रेमचंद ने कथा इनके ही लिए लिखी थी।

कार-साक्षात्कार

देश की प्रतिभाएं दो हिस्सों में बंट गई हैं। कुछ कार में घुस गईं, बाकी सरकार में घुस गईं। जो सरकार में घुसीं उनके हाथ क्या आया ? उनके हाथ भी कार आई। इस तरह तीस साल में यह सिद्ध हुआ कि कार हमारी प्रमुख राष्ट्रीय ज़रूरत है। जैसे ही कार मिली देश को आगे बढ़ते देर नहीं लगेगी। सबको कार का इंतज़ार है। जो खड़ा है, बैठा है, या सो रहा है दरअसल कार के इंतज़ार में खड़ा, बैठा या सो रहा है। आपने वे देश तो देखे होंगे, जिनमें लोग कार में बैठ दूर-दूर की मंज़िलें तय कर डालते हैं। हमारे देश की तो मंज़िल ही कार है। तीस साल से हम कार तक पहुंचने की कोशिश में हैं। हमने सड़कों का विकास किया; युवा नेतृत्व का विकास किया, तानाशाही का विकास किया, मगर हम कार नहीं बना सके। संजय गांधी नामक शख़्स कार के चक्कर में पूरा गड्ढे में उतर गया मगर एक भोंपू नहीं बना सकता, जो खतरे के वक्त पर बज सके। खैर, जो हुआ सो हुआ। अब यह काम जनता सरकार ने अपने हाथ में लिया है। और इसके मूल में दर्शन यही है कि जो काम कोई नहीं कर सका वह काम हम पूरा करने का प्रयत्न कर अपनी इज़्ज़त क्यों न गिराएं ?

आम राय यह है कि मारुति कारखाने की ज़मीन कार उत्पन्न करने के लिए बहुत उपजाऊ है और 'मेनुफेस्टो' की खाद देकर चुनाव-चिह्न पर जो हल है उसे यदि इस ज़मीन पर चलाया जाए, तो कार के साथ वोटों की फ़सल भी बढ़िया आएगी और यह साबित होगा कि जो काम इंदिरा गांधी का बेटा न कर सका, वह काम हमारे बेटों के बापों ने कर दिखाया। नारा होगा कार उसकी, सरकार जिसकी। अथवा जो सरकार बना सकते हैं, वे ही कार बना सकते हैं। अथवा कार जनता की, सरकार जनता की।

मैंने चंद्रशेखर से बात की।

‘चंद्रशेखर जी, आपका क्या ख्याल है जनता सरकार जो कार बनाने जा रही है उसका मॉडल कैसा होना चाहिए।’

उत्तर देने की बजाय चंद्रशेखर मेरे पास खिसककर आ गए और धीरे-से बोले, ‘आदरणीय शरद जी, यह आप क्यों पूछ रहे हैं ? बड़ी मुश्किल से चरण सिंह केबिनेट में आए हैं, एकता स्थापित हुई है। कार के नमूनों के सवाल पर तो आप लड़वा देंगे सबको।’

चिंता वाज़िब थी, मैं भी गंभीर हो गया।

‘एक तरीका तो यह है चंद्रशेखर जी कि आप घटकों की राजनीति को ध्यान रखते हुए कार का कोई ऐसा मॉडल सुझाएं, जिससे सब सहमत हों।’ मैंने कहा।

‘जिससे सारे घटक सहमत हों ऐसा मॉडल तो हम जनता पार्टी का नहीं बना पा रहे हैं, तो कार का मॉडल बनाना तो बहुत कठिन है।’

‘हूं !’ मैंने विचारक की मुद्रा ली, ‘ऐसा न करें कि बिना मॉडल की कार बनाएं, जिससे पार्टी का भी प्रतिनिधित्व हो सके और सरकार का चरित्र भी नज़र आ जाए।’

चंद्रशेखर ने मेरी ओर ऐसे देखा कि बात तो मैं ठीक कह रहा हूं, पर यह संभव कैसे होगा ? कुछ देर सोच वे बोले, ‘शरद जी, आप एक कष्ट कीजिए। जनता पार्टी का भला हो जाएगा।’

‘आज्ञा दीजिए, प्रशंसा करने के अतिरिक्त मैं जनता पार्टी के लिए सारे कष्ट उठाने को तैयार हूं।’

‘ऐसे कीजिए कि सारे घटकों से पता चला आइए कि वे कार का कैसा मॉडल चाहते हैं ? फिर उस सबके गुण-दोषों को मिला-मिलूकर हम एक नमूना सुझा देंगे। आप ये कीजिए तब तक हम उत्तरप्रदेश का झगड़ा निबटा देते हैं।’ वे बोले।

‘ठीक है। पर मान लीजिए चंद्रशेखर जी, यदि सारे घटक नमूना-निर्माण का दायित्व पार्टी के अध्यक्ष पर छोड़ दें, तो आप कार का कैसा स्वरूप चाहेंगे ?’

चंद्रशेखर जी ने दाढ़ी के बालों में उंगलिया फंसा गाल खुजलाए, जैकेट के जेबों में हाथ डाले, सोचा और बोले, ‘एक कार में कै स्टेयरिंग होते हैं ?’

‘एक।’ मैंने बताया।

‘पांच’ होने चाहिए। एक-एक घटक को एक-एक स्टेयरिंग न देंगे तो एकता भंग होने का डर है। फिर पहिये भी चार ही हैं। भालोद स्टेपनी पर राज़ी होगी

नहीं, क्योंकि स्टेपनी जमीन से ऊपर रहती है। दरवाजा एक से ज़्यादा हमारी नजर में होना नहीं चाहिए, नहीं तो सब बाहर निकल जाएंगे। अब रहा सीट का सवाल, तो उसे रखें या न रखें और रखें तो कितनी रखें ? आप शरद जी, उत्तरप्रदेश का मामला निबट जाने के बाद हमसे मिल लीजिए, तो विस्तृत चर्चा कर लेते हैं। अभी इतना समझ लीजिए कि छत रखना है इस पर हम दृढ़ हैं। कार कैसी भी बने पार्टी मज़बूत रहेगी।'

'जी !' मैं नमस्कार कर चला तो समझ नहीं आया कि कहां जाऊं ? अगर एक घटक से मिलता हूं, तो दूसरा नाराज़ होता है। तभी किसी ने बताया कि भारत के विदेशमंत्री इस समय भारत आए हुए हैं। मैंने सोचा पहले उनसे मिल लूं, क्योंकि पता नहीं फिर वे कहां चले जाएं ?

श्री अटल बिहारी वाजपेयी का एयरपोर्ट से घर तक आने-जाने में कार में बैठने का गहरा अनुभव रहा है। पिछले वर्षों में कारों के जितने अंतर्राष्ट्रीय मॉडलों में बैठने का उन्हें मौका मिला है, उतना शायद ही किसी को मिला हो। मेरा प्रश्न सुन वे बोले, 'कार का प्रश्न राष्ट्रीय होते हुए भी अंतर्राष्ट्रीय है। हमें ऐसी कार का निर्माण करना है, जिसमें संसार के सभी देशों की अच्छी कारों की विशेषताएं आ सकें, जैसे फ्रेंच कार का इंजिन, रूसी कार के पहिये, अमरीकी कारों की सीटें और चीनी कारों का डिक्की-भाग बहुत मजबूत और सुन्दर होता है। यों इंग्लिश कार का ढांचा अच्छा होता है। हमें यह ध्यान रखना है कि कार बनने के साथ इन देशों से रिश्ते मज़बूत हों। कार टूट जाए, रिश्ते नहीं टूटना चाहिए। यदि इस सबको मिलाकर कोई चीज़ खड़ी की जा सके तो ठीक है।'

'खड़ी तो हो जाएगी, मगर चलना चाहिए न ?' मैंने कहा।

वाजपेयी जी काफी देर तक सोचते रहे, फिर बोले, 'जहां तक जनता कार के चलने का सवाल है। बेहतर हो आप प्रधानमंत्री जी से पूछ लें। यदि वे कार की चाभी हमें सौंप देने को तैयार हों, तो जनसंघ घटक पूरी तरह सहयोग करेगा।'

मैं और प्रश्न पूछता पर तभी वाजपेयी जी को दूर से एक विदेशी व्यक्ति आता नज़र आया और वे उसे देख मुस्कराने लगे। मैं भी कुछ देर मुस्कराता रहा, पर जब वाजपेयी जी ने आंखें पूरी तरह उस विदेशी पर गड़ा लीं, तो मैं चला आया।

बाबू जगजीवनराम बहुत शुरू से मेरी ओर शक की निगाह से देखते रहे कि मैं किस ग्रुप का आदमी हूं।

'बाबू जी, यह मेरा दुर्भाग्य है कि मैं हरिजन नहीं हूं।' मगर जनता कार

का मॉडल क्या होना चाहिए यह जानने में रुचि किसी पिछड़ी जाति से कम नहीं है। आपके विचार जानना चाहता हूं।'

'पीछे की डिक्की में आरामदेह गादियां लगवा दें, तो हरिजनों को सुविधा हो जाएगी।' बाबू जी ने विचारों की पुड़िया खोली।

'सो कैसे ?'

'कार मालिकों के लिए यह अनिवार्य कर दिया जाए कि मार्ग में हरिजन लिफ्ट मांगे, तो देनी पड़ेगी। लिफ्ट की जो सुविधा हिप्पियों और उच्च वर्ग के युवकों को प्राप्त है, वह हरिजनों को भी मिलनी चाहिए। अब रहा कार में जगह का प्रश्न, तो डिक्की में बैठ जाएंगे ज़्यादा लोग, बशर्ते गादियां लग जाएं। डिक्की से ड्राइवर तक एक टेलिफून हो, ताकि जब उतरना हो ड्राइवर को कहकर गाड़ी रुकवा लें।'

सहमति में अपनी जिज्ञासु गर्दन हिलाते हुए मैंने पूछा, 'कार का मॉडल कैसा होना चाहिए।'

'श्रीमती गांधी ने अपने बेटे से जो बनवाया था उसके ठीक विपरीत।' फिर धीरे से बोले, 'नयी कार के शीशे काले होने चाहिए। जिससे अन्दर का पता बाहरवालों का न चले। और देखो, उसमें कैमरे फिट न हों, इसका ध्यान रखना।'

बंगले के एक कोने में उनके सुपुत्र सुरेश बाबू अकेले बैठे नाखून कुतर रहे थे। बाबू जी ने यह कहते हुए उनकी ओर करुण दृष्टि डाली और चुप हो गए।

अब मेरा फर्ज हो जाता था कि मैं श्री चरण सिंह से मिलूं, क्योंकि किसान लाबी की उपेक्षा कर कार का मॉडल बना लेना इस खेतिहर देश में कदापि संभव नहीं है। वे एक सरकारी डाक बंगले में परिवार के साथ छुट्टी मना रहे थे और अच्छे मूड में थे। प्रश्न सुन वे अतीत में खो गए। उन्होंने बताया कि 'सन छत्तीस में मैंने हाथ से पहिया घुमाकर चलनेवाली एक लकड़ी की गांधीवादी कार बनाई थी, जो खेतों में डेढ़ मील प्रति घण्टे की गति से चलने में समर्थ थी। अलसी के तेल से चलने वाला इंजन था छोटा-सा और किरोसीन के लैम्प थे। उसमें हल रखने की जगह थी। भारतीय किसान को अपनी झोंपड़ी से खेत तक कंधे पर हल रखकर जाने की असुविधा से बचाने के लिए इस कार की रचना की गई थी। नेहरू जी को पसन्द नहीं आई, इसलिए सब रह गया।' वे उदास हो गए।

'अब स्थितियां बदल गई हैं श्रीमान। आज आपका किसान झोंपड़ी से खेत तक बजाय हल के ट्रेक्टर कंधों पर रखकर जाता है। बदली परिस्थितियों में आप

कार का कैसा रूप पसन्द करेंगे ?'

'कार जैसी भी हो, उसमें ट्रालियां जोड़ने की सुविधा होनी चाहिए, ताकि किसान भाई रैलियों में भाग ले सकें। कार के पीछे दो ट्राली, एक-एक ट्राली कार के आजू-बाजू, एक ट्राली छत पर और हो सके तो कार के आगे भी ट्राली जोड़ने की सुविधा होनी चाहिए।'

मैंने सुझाव नोट किया और जनता कार की कल्पना करते हुए प्रश्न किया, 'कार का आकार ट्रक से छोटा हो, तो चलेगा, या...?'

'राजनारायण नहीं है...वह होता तो उससे इस प्रश्न पर विचार कर लेते। मोरारजी से बात की ?' उन्होंने पूछा।

'सोच रहे हैं !' मैंने कहा।

'देख लो वे क्या कहते हैं। अगर किसानों का अहित न हो, तो हम इम्पाला पसन्द करेंगे, उसमें सोने, आराम करने की सुविधा रहती है। दल की एकता की खातिर हम अपना पहिया अलग लगाएंगे, जिसे जब चाहें अलग कर सकें। और एक बात, कांति देसाई को ठेका नहीं मिलना चाहिए।'

मैं 'थ्रू प्रॉपर चेनल' जा रहा था, दोनों डिपटियों से होता प्रधानमन्त्री तक, मगर बीच में कुछ उत्साही एम. पी. मिल गए जनता पार्टी के। वे दल की एकता की खातिर किसी सदस्य को पीटकर आ रहे थे। मुझे देखा तो पिल पड़े—'हमसे भी प्रश्न पूछो। बड़े-बड़ों से पूछते हो हमसे क्यों नहीं पूछते ?'

मैंने पूछ लिया।

'जनता कार का आदर्श मॉडल वह होगा, जिसमें चलती कार में बैठे यात्री को यह सुविधा हो कि वह वहीं बैठे-बैठे उसी कार का पहिया पंचर कर सके।'

'ड्राइवर का जब चाहे सिर तोड़ने के लिए स्पेअर डंडे होना चाहिए पिछली सीट पर।'

'चार सीटों से काम नहीं चलेगा। बीस सीटें होनी चाहिए एक कार में कम-से-कम।'

'कार के मालिक हम हों, मगर संविधान में व्यवस्था होनी चाहिए कि पेट्रोल गवर्मेंट डाले।'

'दम निकली जा रही है क्या बिना कार के ? पैदल क्यों नहीं जाते ? और बनाना ही है तो हवाई जहाज़ बनाओ। कहां कार में पड़े हो !'

'बेरोज़गार युवकों को हर मुहल्ले में कार बनाने के लाइसेंस दिए जाएं। जनता कार ग्रामोद्योग में बनेगी। इसे हस्तशिल्प माना जाए, क्योंकि हाथ से चलती है।'

'कार के वितरण में आदिवासियों को प्राथमिकता दी जाए।'

मैंने सबके सुझावों को सुना और आगे बढ़ा, तो पीलू मोदी नज़र आए। वे स्वयं को एक स्थल से दूसरे स्थल ले जाने का ज़ोरदार प्रयत्न कर रहे थे कि मैंने उनसे पूछा, तो वे हंसे और बोले, 'जे. आर. डी. टाटा ने मेरी बॉडी के मॉडल पर ट्रक बनाया है। जनता पार्टी चाहे कार बना सकती है, मगर मुझे उसका पहिया बनना मंजूर नहीं है।'

मैं जाने लगा तो रोककर बोले, 'जनता कार पैट्रोल से चलेगी ना ?'

'हां, और किससे चलेगी ?'

'कहते हैं कि जीवनजल में भी बहुत शक्ति होती है। हो सकता है उससे चलाने की स्कीम हो।'

'यह तो आत्मनिर्भरता की उच्चतम सीमा होगी।' मैंने कहा।

जॉर्ज फर्नांडीस का नज़रिया जनता कार के मसले पर साफ था। उन्होंने कहा कि जनता कार में पहिये बैलगाड़ी के होंगे ताकि गांवों में पहिये बनानेवाले सुतार और लुहारों को रोज़गार मिल सके। मध्यमवर्ग की सुविधा के लिए जनता कार किस्तों में खरीदी जा सकेगी यानी हरेक पुर्जा आप किस्तों में खरीदें और घर जाकर जोड़ लें।'

वहीं कुछ समाजवादी घटक के लड़ाकू-भिड़ाकू सदस्य मिले। बोले, 'भारत में सैकड़ा आदमी पीछे एक बटा चालीस कार पड़ती है। यदि मामूली आदमी की औसत आमदनी दो रुपया रोज़ मान लें और वह तीस पैसा रोज की बचत करे, तो वह एक सौ अड़तालीस वर्ष में कार खरीद सकता है। कार का मूल्य गिराना होगा, कम-से-कम इस हद तक कि सौ वर्ष में खरीदी जा सके और तब तक भाव बांधने होंगे तथा यह कोशिश करनी होगी कि मामूली आदमी तीस पैसा रोज़ बचत करने की ताकत कायम रख सके, गो वह आज़ाद है कि फिर वह चाहे तो कार न खरीदे।'

जनता कार के मॉडल के सवाल पर वे बोले, 'बजरिए कार, हम चाहें तो रिहाइश के सवाल को हल कर सकते हैं, वह यों कि कार गरीब की झोंपड़ी की साइज़ की हो ताकि उसी में कार मालिक परिवार के साथ रह सके और जहां जाना हो चले जाए।'

और अन्त में मैं जा पहुंचा प्रधानमन्त्री श्री मोरारजी देसाई के पास। वे शुद्ध ग्लास में नारियल पानी पी रहे थे शायद !

'जनता कार का रूप कैसा होना चाहिए आपकी नज़र में ?'

'मुझे कार की ज़रूरत नहीं, मैं पैदल आ सकता हूं।'

'जिन्हें ज़रूरत है उनके लिए आप कैसा मॉडल देना पसन्द करेंगे।'

'मैं किसी को कुछ नहीं देता। देनेवाला तो भगवान है।'

'यह तो सही है मोरारजी भाई, मगर देश को, जनता को, कार की ज़रूरत है।'

'क्यों...?'

'जनता की सरकार सोच रही है कार बनाने के लिए। मैं जानना चाहता हूं उसका रूप क्या होगा ?'

'बाज़ार में आए तब देख लेना।'

'तब अगर लोगों को पसन्द न आई...'

'बैठने की बन्दिश नहीं है। न पसन्द आई, तो न बैठें। मैं तो पैदल चल सकता हूं। तुम क्या समझते हो नहीं चल सकता ? कहो तो दिखाऊं ?'

'जी नहीं, मैं जानता हूं !'

'मैं कश्मीर से कन्याकुमारी तक पैदल चल सकता हूं। मगर इसलिए नहीं चलता कि बाकी राज्य कहेंगे, हमारे यहां क्यों नहीं चले।'

'एक जगह से दूसरी जगह जाने के लिए एक आदर्श कार कैसी होनी चाहिए ?'

'आदर्श व्यक्ति होता है कार नहीं।'

'मोरारजी भाई, कार सुन्दर और मज़बूत तो हो सकती है !'

'आपको जो वस्तु सुन्दर लगती है कोई ज़रूरी नहीं कि मुझे लगे। आप मुझे मजबूर नहीं कर सकते।'

'आपको कैसी कार सुन्दर लगेगी ? या लगती रही है।

'मैं आपको क्यों बताऊं ?'

'ताकि जनता सरकार वैसी ही कार बनाने की सोचे।'

'आप जनता सरकार में कौन हैं ?'

'मैं कुछ नहीं हूं।'

'फिर आप मेरा समय क्यों नष्ट कर रहे हैं ?'

'मैं अपना समय नष्ट कर रहा हूं, आपका नहीं। आपका तो बरसों से हो रहा है।'

मैं चला आया, बाहर आकर मैंने प्रार्थना की हे प्रभु, भारतवासियों की वाणी में शक्ति दे, जिससे हम अपने प्रधानमन्त्री को मन की बात कह सकें। फिर प्रभु को मैंने गालिब का शे'र सुनाया, 'दे और दिल उनको जो न दे मुझको जुबां और।' प्रभु का उर्दू साहित्य से यह पहला संपर्क था।

संपूर्ण क्रांति

क्रांति शब्द को किसी विशेषण की दरकार नहीं होती। यदि वह क्रांति है, तो यह कह देना काफी होता है कि वह क्रांति है। दूसरे, हर क्रांति हो जाने के बाद क्रांति कहला सकती है। न होने या करने की कोशिश में फिस्स होने पर उसे क्रांति कहना अजीब लगेगा। जैसे किसी क्रांति को उसकी शुरुआत से पहले 'सम्पूर्ण क्रांति' कहना बड़ी मज़ेदार बात है। अभी घोषणा-पत्र नहीं बना है, क्या होगा, कौन करेगा, करने की उसकी वजहें क्या होंगी, हो गईं तो नतीज़े क्या होंगे, किस शुभ घड़ी में उसका श्रीगणेश होगा आदि कोई बात स्पष्ट नहीं है, पर एक बात साफ है कि जो भी क्रांति होगी, वह 'सम्पूर्ण' होगी, अपूर्ण नहीं होगी। यद्यपि यह विचारना अभी बकाया है कि किस हालत पर पहुंचने पर इस क्रांति को 'सम्पूर्ण' समझेंगे और क्या भविष्य की ऐसी स्थिति की अभी से कल्पना की जा सकती है, जो सम्पूर्ण हो और भविष्य का वह क्षण आने पर वह अपूर्ण न लगने लगे ? मतलब यह कि क्या सम्पूर्ण सम्पूर्णता, सम्पूर्ण रूप से संभव है। एक क्रांति पूर्ण होने पर यों भी सम्पूर्ण क्रांति हो सकती है, बशर्ते वह पूर्ण हो। और पूर्ण और सम्पूर्ण में अन्तर क्या है ? हम 'सम्पूर्ण' क्रांति करेंगे,' कहने के बजाय 'हम क्रांति पूर्ण करेंगे' नहीं कहा जा सकता क्या ? और यदि कहा जा सकता है, तो क्या सिर्फ यह कहने से काम नहीं चलेगा कि हम क्रांति करेंगे ! क्योंकि जब करेंगे तो वह पूर्ण होगी (या अपूर्ण रहेगी) और फिर यह अलग बहस है कि अपूर्ण हो या सम्पूर्ण, क्रांति करने या होने की बात है या कहने और घोषणा की ? चाहे अपूर्ण हो या सम्पूर्ण, क्रांति कहने से कौन-सी क्रांति हुई है ? और जो हो गई, उसे होने के तुरन्त बाद कौन सम्पूर्ण या अपूर्ण कह सका है ? और जो सम्पूर्ण कह भी दिया तो क्या वह सम्पूर्ण थी ? सम्पूर्ण क्रांति के सम्पूर्ण कर्णधारों ने इस बारे में क्या सोचा है ?

वे इस समय क्रांति की तैयारियों में जुटे हैं। तरीका यह है कि वे इस जुमले को हरिनाम की तरह बार-बार उच्चारित कर रहे हैं। जैसे पहले हमारे मध्यमवर्गीय मित्र सर्वहारा क्रांति की कल्पना करते रहते थे कि वह अवश्य होगी और जब होगी, हम उसमें जुड़ जाएंगे। अपने मकान के अहाते में बैठ जुलूस का इंतज़ार करना कि जब वह आएगा, हम उसमें शामिल होंगे और यह बेचैनी कि हाय, आ क्यों नहीं रहा, जबकि जुलूस के न चल पाने का कारण ही यह था सब अपने घर के अहाते में बैठ उसका इंतज़ार कर रहे हैं। जुलूस जिस मुकाम से आरम्भ होना था, वहां कोई नहीं गया। बार-बार सम्पूर्ण क्रांति उच्चारित करने से लाभ यह होगा कि अपने घर के अहाते में खड़े इंतज़ार करते लोगों की बेचैनी बढ़ जाएगी कि हाय, क्रांति चालू क्यों नहीं हो रही और अभी तक चालू नहीं हुई तो सम्पूर्ण कब होगी ? जबकि इस क्रांति की विशेषता यह है कि वह सम्पूर्ण से ही चालू हुई है। अब यह अलग बात है कि कहने को सम्पूर्ण है, पर आरम्भ नहीं हुई है।

अब सवाल यह है कि यह सम्पूर्ण क्रांति कहां से आरम्भ होगी ? दिल्ली से, पटना से या किसी ग्राम से, तो वह ग्राम कहां का होगा ? शुरू में क्या होगा अर्थात् क्या ऐसा होने लगेगा कि आप कह सकें कि वह शुरू हो गई ? कौन शुरू करेगा ? जयप्रकाश जी शुरू करेंगे, मोरारजी भाई, ज़िले का कलक्टर, उस गांव का पटवारी, या वहां की जनता पार्टी का स्थानीय नेता। इस क्रांति के प्रति सरकार का क्या रुख होगा ? यदि रुख सहयोगात्मक एवं प्रोत्साहनकारी हुआ, तो क्रांति का मज़ा क्या रह जाएगा ? और बजाय सहयोग और प्रोत्साहन के सरकार खुद क्यों न कर डालेगी ? केबिनेट का प्रस्ताव होगा, योजना कमीशन ब्यौरा तैयार करेगा। अफसर प्रपोजल बनाएंगे, कलक्टर साहब ज़िला सम्पूर्ण क्रांति समिति के चेयरमैन होंगे, डी. एस. पी. कड़ी नज़र रखेगा कि विरोधी क्रांति की प्रक्रिया को सेबोटाज़ न कर दें। अभी कुछ पता नहीं कि कैसे होगा, क्या होगा, कब होगा। यह हो सकता है कि अगली पंचवर्षीय योजना के प्रारूप की भूमिका में 'सम्पूर्ण क्रांति' का ज़िक्र हो, जैसे पहले समाजवाद का रहता था। और यह भी हो सकता है कि आर्थिक, सामाजिक, सांस्कृतिक क्षेत्र में सरकारी विभाग जो भी करे, उसे सम्पूर्ण क्रांति की दिशा में एक कदम घोषित कर दें। फिलहाल समझ में नहीं आता कि क्या होगा।

मुझे लगता है अन्ततः ग्रामोद्योग के कागज़ पर एक त्रैमासिक पत्रिका का प्रकाशन होगा (यदि वह पहले से न हो रहा हो) जिसका नाम होगा 'सम्पूर्ण क्रांति'।

उसमें भवानी भाई की कविता, माचवेजी का संस्मरण गांधीवादी अर्थशास्त्रियों के दो निबंध तथा जयप्रकाश जी के इन्टव्यु होंगे। एक अंक निकलेगा, फिर दूसरा अंक निकलेगा, उसमें फिर यही होगा और इसी तरह निकलता रहेगा। सम्पूर्ण क्रांति के समय दैनिक पत्र होने की कामना लिए यह पत्र अन्ततः वार्षिक हो जाएगा। वर्षों बाद सभाओं में वक्ता यह कहते सुनाई देंगे कि हमें सम्पूर्ण क्रांति के स्वप्न को पूरा करना है। और करना भी है। इस देश को सुभाष, अरविंद, भगत सिंह, गांधी, नेहरू, लोहिया आदि कितनों के सपनों को पूर्ण करना है। पूर्ण नहीं, सम्पूर्ण। फिलहाल तो चौधरी चरण सिंह का ही पूरा नहीं हो पा रहा है।

एक आर्थिक चिन्तन

मैंने आर्थिक चिंतन पूर्ण कर लिया है। जो राष्ट्र की सेवा में प्रस्तुत है। सर्वप्रथम हमें बढ़ती हुई महंगाई को रोकना होगा। इस कार्य के लिए सरकार को जनता का सहयोग चाहिए और जनता को सरकार का सहयोग चाहिए। यदि ये दोनों एक-दूसरे से सहयोग करने लगे, तो मैं भी सहयोग कर सकता हूं, बशर्ते महंगाई रुके। सरकार को चाहिए कि वस्तुओं के दाम पर रोक लगाए। जनता को चाहिए कि महंगी वस्तु न खरीदे। जिस वस्तु के दाम पर रोक न लग सके, वह वस्तु महंगी घोषित की जानी चाहिए। घोषणा सरकार करेगी, ताकि भूल से जनता कहीं उस वस्तु को खरीद न ले। जनता नहीं खरीदेगी, तो झक मारकर वस्तु के दाम गिरेंगे। दाम गिरने की सूचना सरकार जनता को देगी। फिर जनता खरीदने लगेगी। मांग बढ़ने से वस्तु के दाम बढ़ने का खतरा है। खतरा नज़र आते ही सरकार जनता को आगाह कर देगी और लोग खरीदना बन्द कर देंगे। जनता केवल सस्ती चीज़ें खरीदेगी और सरकार का काम है जनता को सस्ती चीज़ें मुहैया करना। इसके लिए सर्वप्रथम हमें बढ़ती हुई महंगाई को रोकना होगा।

महंगाई रुक गई, तो व्यापारियों को अतिरिक्त मुनाफा नहीं होगा। जब पास में ज़्यादा और अतिरिक्त रुपया न हुआ, तो वे छोटे बाबुओं, बड़े बाबुओं, छोटे अफसरों, बड़े अफसरों, छोटे नेताओं, बड़े नेताओं, छोटे मंत्रियों, बड़े मंत्रियों, मुख्य मंत्रियों, केन्द्रीय मंत्रियों को रिश्वत आदि नहीं देंगे। इससे भ्रष्टाचार रुकेगा। जब रिश्वत ही नहीं मिलेगी, तो कोई क्यों भ्रष्ट होगा और होना चाहे तो भी कैसे होगा ? राजनीति पर भी जो व्यापारिक पैसे का प्रभाव फैला हुआ है, वह कम हो जाएगा। इस तरह न अफसर भ्रष्ट रहेंगे, न मंत्री भ्रष्ट होंगे। व्यापारियों और सत्ताधारियों की सांठ-गांठ समाप्त हो जाएगी। इस तरह यदि बढ़ती हुई महंगाई पर रोक लग गई, तो प्रशासन और राजनीति का भ्रष्टाचार रुक जाएगा।

जब अतिरिक्त आय के साधन समाप्त हो जाएंगे, तो कर्मचारी और अफसर

वर्ग ईमानदारी से काम करने लगेगा। उसे अपनी ही सीमित आय पर भरोसा करना होगा। ईमानदारी के साथ काम करने का नतीजा होगा, कड़ी मेहनत से काम करना। इधर नेताओं को व्यापारी लोग रिश्वत देना बन्द करेंगे, राजनीति पर ब्लैक मनी का असर टूटेगा, तो नेता भी आदर्शवादी और ईमानदारी से जन-सेवा में लग जाएंगे। जनता की सेवा करते समय उन्हें पता लगेगा कि महंगाई ज़्यादा है। वे उसे कम करने का प्रयत्न करेंगे, अफसर उसमें साथ देंगे, क्योंकि वे भी ईमानदारी और मेहनत से कार्य में लगे हैं।

लीजिए, इस तरह महंगाई और कम हो गई। मुनाफा कमानेवाले धूल में मिलने लगेंगे। लोग नहीं खरीदेंगे और सरकारी नेता और कर्मचारी ईमानदारी से बढ़ते भावों की रोकथाम करेंगे, इस भय से वस्तुओं के दाम नहीं बढ़ेंगे। कुछ दिनों तक इसी तरह चलता रहा, तो व्यापारी डगमगा जाएगा। उसकी मूल पूंजी के लिए खतरा पैदा हो जाएगा। वह अस्तित्व की रक्षा के लिए फिर अफसर और नेताओं की तरफ दौड़ेगा।

अब क्या होगा ? मेरे आर्थिक चिंतन में यह क्षण सचमुच गहरी चिन्ता का क्षण है। यों देखा जाए, तो आर्थिक इतिहास की इस आदर्श अवस्था में अफसर और नेता ईमानदार, मेहनती, सच्चरित्र वगैरह हो चुके हैं, क्योंकि मजबूरी थी, व्यापारी अतिरिक्त मुनाफा न होने के कारण उन्हें रिश्वत नहीं दे पा रहा था। पर अब व्यापारी स्वयं द्वार पर आया है रिश्वत लेकर, तो वे क्या करेंगे ? चरित्र का संकट यहीं उत्पन्न होता है। मुझे लगता है, वे व्यापारी की परेशानी समझेंगे और रिश्वत ले लेंगे। जैसा कि वे आजकल कर रहे हैं। व्यापारी भाव बढ़ाएगा, चीज़ें महंगी होंगी। हम फिर वहीं आ गए जहां से चले थे।

अब प्रश्न यह है कि व्यापारी को आगे-पीछे रिश्वत देना ही है, तो वह तब तक के लिए रुकेगा क्यों ? वह आज ही क्यों न दे देगा ? अफसर और मंत्री अन्ततः रिश्वत ही लेने के लिए ईमानदारी और मेहनत के एक संक्रमण-काल से क्यों गुज़रेंगे ?

अतः अब प्रश्न यह है कि जब तक भ्रष्टाचार नहीं रुकेगा, तब तक महंगाई बनी रहेगी, भ्रष्टाचार ज़ारी रहेगा। साहित्य में अन्योन्याश्रित शब्द का उपयोग ऐसी ही स्थिति में होता है। मुर्गी से अण्डा, अण्डे से मुर्गी का यह सहज क्रम बना रहेगा, अर्थात भ्रष्टाचार और महंगाई कायम रहेगी। भ्रष्टाचार से अतिरिक्त पैसा आएगा, उससे लोग महंगी-कीमती वस्तुएं खरीद सकेंगे, जिसके कारण महंगाई बनी रहेगी।

ऐसी अवस्था में मैं क्या कर सकता हूं ?

मैं अपना आर्थिक चिन्तन वापस लेता हूं।

आम से जलेबी तक

भारत चीन सम्बन्धों का एक इतिहास शायद रहा है। क्या रहा है, मुझे पता नहीं, क्योंकि स्वयं भारत सरकार को पता नहीं कि क्या रहा है। मेरे ख्याल से शुरुआत, यदि उसे ही शुरुआत समझा जाए, एक मुस्कान से हुई थी। कौन किसकी ओर देखकर पहले मुस्कराया था, इस बारे में दो मत हो सकते हैं। दो मत इसलिए कि मामला दो पार्टियों के बीच है। शायद चाऊ एन लाई या माओ जे दुंग या कोई और चीनी नेता पहली बार किसी पार्टी में, जो बेजिंग या किसी और जगह पर थी, भारतीय राजदूत या वह कोई और रहा हो, उसकी ओर देख मुस्कराए थे। या शायद वह पहले मुस्करा दिया हो। मुझे नहीं पता कि इस मामले में विदेश नीति तब क्या थी गोया चीनियों से मिलने पर हमें पहले मुस्कराना है या उनके मुस्कराने पर ही मुस्कराना है अथवा यदि वे मुस्कराये तो फौरन दिल्ली से आदेश लिए जाने थे कि अब क्या करें, वे मुस्करा रहे हैं।

जो भी हो दिल्ली ने उस मुस्कान को नोट किया और पहली बार यह ठोस भ्रम हुआ कि संबंधों की कली चटखेगी। बड़ा नाजुक प्रहर था विदेश विभाग के लिए, जो उन दिनों सोवियत का दामन कुछ जोर से ही पकड़े था कि इस बेटाइम मुस्कान का क्या करें ? भविष्य में वक्त की चाल क्या होगी, यह पकड़नेवालों ने अन्दाज़ लगाया कि चीन मुस्कान से पिंगपांग, पिंगपांग से डेलीगेशन, डेलीगेशन से विदेशमन्त्री को निमन्त्रण के कदम धीरे-धीरे, समझ-बूझकर उठाता है। तो वही हुआ। या शायद वैसा न हुआ हो, क्योंकि मुझे ठीक से याद नहीं।

पिंगपांग चीन की आरंभिक शतरंज है। अमरीका से या दीगर कई देशों से उसके रिश्तों की शुरुआत पिंगपाग से हुई थी। चीन में पिंगपांग शायद विदेश विभाग का खेल माना जाता रहा होगा या शायद राष्ट्रीय खेल हो, जैसे हमारा कबड्डी। चीन ताकतवर मुल्क है इसलिए वह अपने राष्ट्रीय खेल पर दूसरों को आमंत्रित करने की हस्ती रखता है।

तो मैं उस नाज़ुक प्रहर की बात कर रहा था, जब चीन हमारी ओर बिना मुस्कराए मानता नहीं था और जवाब में मुस्कराते समय हमें डर लगता था कि सोवियत रूस इस आंख-मटक्का का बुरा न मान जाए। यह उन दिनों की बात है, जब अटल बिहारी वाजपेयी विदेश मंत्री नहीं बने थे और जिस जेल में वे थे, वहां से विदेश विभाग कोसों दूर था। नाज़ुक प्रहर ज़ारी रहा। इन्दिरा गांधी ने चीन से दूरी और सोवयित रूस से निकटता कायम रखी, जिसे विदेश नीति पर प्रगतिशील प्रभाव कहते हैं। अब यह प्रगतिशीलता तो कायम रही पर ज़मीन खिसक गई। इन्दिरा गांधी हार गईं और विदेश मंत्रालय जनसंघ घटक को मिल गया है। हाय रे प्रगति और यथार्थ के सम्बन्ध।

विदेश नीति के प्रश्न पर नागपुरी धारणाएं वहां के संतरों की तरह गोलमटोल थीं, इसलिए अटल बिहारी वाजपेयी इस मामले में मुक्त चिंतन के लिए मुक्त थे। नागपुर हेडआफिस के आदेश यही थे कि जनता शासन में रहते हुए जनसंघ के मंत्रियों को अपनी तथा घटक की छवि उज्जवल बनानी है, सरकारी अफसरों से सम्बन्ध मधुर करने हैं ताकि प्रत्येक स्थिति में जनसंघ की पैंठ आवश्यक सरकारी सूचनाओं तक बनी रहे। छवि सुधारने के उद्देश्य से अटल बिहारी जी को कुछ करना तो था। उन्हें किसींगर का खयाल आया, जो अपने ज़माने में इतना भागा-दौड़ा कि लोग 'प्रेसीडेंट की बात भूल उसकी करने लगे। छवि उज्ज्वलीकरण कार्यक्रम के अंतर्गत वाजपेयी जी भी यात्राएं करने लगे और एक दिन ऐसा आया कि वे चीन जा पहुंचे। मुस्कान, पिंगपांग, डेलीगेशन, निमन्त्रण से जो सिलसिला चल रहा था, यह सशरीर यात्रा उसका उच्चतम बिन्दु थी। वाजपेयी जी ने जाने के पूर्व बहुत सोचा, बीमार भी रहे पर अन्ततः गए और चीन को गौतम बुद्ध का संदेश दे आए। चीन ने गौतम बुद्ध का संदेश सुनकर या वाजपेयी जी का जनसंघी अन्दाज़ का आवेशपूर्ण भाषण सुन, क्योंकि वजह मैं नहीं जानता क्या है, फौरन वियतनाम पर आक्रमण कर दिया। पता नहीं वाजपेयी जी गौतम बुद्ध के नाम पर गीता का संदेश तो गलती से नहीं दे आए कि 'लड़ो ज़मीन के लिए, चाहे भाई ही सामने क्यों न हो।' राष्ट्रीय स्वयंसेवक संघ की बौद्धिक वार्ताओं में गीता का ज़िक्र अधिक होता है और गौतम बुद्ध का कम। भाईजी गीता बोल गए गलती से और आवेश में चीनी फौजें प्रयाण कर गईं। मुझे यही लगता है। जनसंघ के नेता के भाषण का ऐसा अंतर्राष्ट्रीय असर मैंने पहली बार देखा। बहुत प्रभावशाली और मनोबलवर्धक भाषण देते हैं वाजपेयी जी, यह मानना पड़ेगा। लगे हाथ थोड़ी छवि यों भी उज्ज्वल हो गई जब क्रोध में लौट आए एक दिन पहले।

और फिर वही चीन से खामोश रहने और देखकर नहीं मुस्कराने का युग लौट आया। सोवियत रूस के नेता के भारत आने का यह उपयुक्त समय था। कोसीगिन आ गए दिल्ली। विदेश नीति पर प्रगतिशील प्रभावों की फिर से शुरुआत करने। यथार्थ और प्रगतिशील प्रभावों की फिर से शुरुआत करने। यथार्थ और प्रगति के सम्बन्ध जो भी हों।

उस दिन दिल्ली में वाजपेयी जी ने कोसीगिन की ओर जलेबी की प्लेट बढ़ाई। जवाब में कोसीगिन ने वाजपेयी जी को रूसी चाकलेट खिलाए। भारतीय चाकलेटों पर टैक्स बढ़ जाने की खबर सुन कोसीगिन अपने चाकलेट का स्टाक घर से लाए थे। मुझे याद आया वह ज़माना, जब नेहरू ख्रुश्चेव को हाफुस आम काट-काटकर खिलाते थे। फिर वही ज़माना लौट आया। वाजपेयी जी जलेबी खिला रहे हैं। हाफुस से जलेबी तक का एक चक्कर पूरा हुआ। वाजपेयी जी किसिंगर हो लिए, हिन्द-सोवियत मैत्री मज़बूत ही मज़बूत रही।

कुछ दिनों बाद बेजिंग की किसी पार्टी में फिर चीनी नेता भारतीय राजदूत की तरफ मुस्कराएंगे। राजदूत दिल्ली से पूछेगा क्या करूं, ये मुस्करा रहे हैं। रूस का दिया आखिरी चाकलेट खाते विदेशमन्त्री कहेंगे, तुम भी मुस्कराओ जवाब में। और उसी शाम पत्रकारों से चर्चा करते हुए वे कहेंगे, भारत चीन के मैत्री सम्बन्ध पुराने हैं और हम अपने सभी पड़ोसियों से दोस्ती चाहते हैं। फिर पिंगपांग, फिर डेलीगेशन, फिर यात्रा।

मैत्री बड़ी चीज़ है। जो देश मैत्री के 'मूड' में अपने पर हुए हमले को भूल जाता है, वह चैकोस्लोवाक और वियतनाम पर हुए दूसरों के हमलों को भूल ही सकता है। गीता और गौतम बुद्ध के उपदेशों में यहीं गड्मड् हो जाती है। क्या सोचने जाते हैं, क्या याद आ जाता है।

बाढ़ की चिन्ता : चिन्ता की बाढ़

इस बार भी वही हुआ। नेता चिन्ता में डूबे। देश बाढ़ में डूबता है और नेता चिन्ता में डूबते हैं। वर्ष में एकाध माह यह कार्यक्रम बड़ी गम्भीरता से चलता है। फिर पानी उतर जाता है। धीरे-धीरे नेताओं के चेहरे पर बाढ़ देखकर आई शरम उतर जाती है। परेशान हाल लोग फिर बसने लगते हैं, जीवन बिताने लगते हैं, और नेता फिर मुस्कराने लग जाता है। उसके पास डूबने को और भी कई चीज़ें हैं, जैसे सत्ता, राजनीति, ऐश। वह बाढ़ में नहीं डूबते। आज तक कोई बाढ़ ऐसी नहीं आई, जिसमें किसी नेता के डूब जाने का सौभाग्य देश को प्राप्त हुआ हो। यों डूबने को चाहें, तो ये चुल्लू भर पानी में डूब सकते हैं। मगर न चाहें, तो ऐसी बड़ी बाढ़ भी इनके लिए नाकाफी है।

पर उन्होंने चिन्ता व्यक्त की। वे हेलीकोप्टर में बैठ आकाश में उड़े और उन्होंने बाढ़ को देखा। शायद सभी नेताओं को यह भ्रम है कि उनके हेलीकोप्टर से देखने से बाढ़ का पानी कम हो जाएगा। हर साल जब बाढ़ आती है, मैं देखता हूं कि नेताओं को लेकर हेलीकोप्टर उड़ रहे हैं। क्या कहते हैं ये लोग ? आंसू बहाते हैं नकली ताकि बाढ़ का पानी और बढ़े। इनके असली आंसू, तो समाज और देश की व्यथाएं देखते अब तक कभी के सूख चुके।

इस बार ये नेता फिर वही बोले, जो हर साल बोलते हैं। वे बोले कि बाढ़ की समस्या का कोई स्थायी हल खोजना चाहिए। हमेशा जब पानी बढ़ता है, ये लोग यह बयान देते हैं और पानी उतरने के साथ यह बयान भी उनके दिमाग से उतर जाता है। बाढ़ की समस्या का कोई स्थायी हल इन लोगों ने कभी नहीं खोजा और जो प्रस्ताव सामने आए भी उन पर विचार करने और अमल करने की इच्छा भी नहीं जुटा पाए। गंदगी में डूबे लोगों को गंगा-जमुना के पानी में डूबे लोगों की क्या फिक्र। देश की नदियों को जोड़कर सिंचाई बढ़ाने और बाढ़

का लेबल गिराने की जो योजना विचारी गई थी, उसका रह-रहकर जिक्र हो जाता है। रोज़गार उत्पन्न करने और कृषि विकास की स्थायी नींव डालनेवाले इस विराट प्रोग्राम को देख पहले कांग्रेस की नानी मरती थी, अब जनता सरकार की मरती है। जिस तरह और मंसूबे डूबे वैसे ही यह मंसूबा भी डूबा रहेगा।

यह इसके बावजूद कि सरकार ने ज़ोर शोर से घोषणा की है कि हम अगले पांच सालों में बाढ़-नियंत्रण पर सात सौ करोड़ रुपया खर्च करेंगे। यह खर्च पिछले तेईस सालों में इस काम पर हुए खर्च से ज़्यादा है। तेईस साल तक जो छह सौ करोड़ रुपयों से ऊपर खर्च हुआ, उसका ही सुपरिणाम है कि दिल्ली से बंगाल तक गंगा जमुना के किनारे का हर शहर आज बाढ़ में डूबा हुआ है। अब ये सात सौ करोड़ पिएंगे और पानी का लेबल वहीं रहेगा। अगर रुपया खर्चने से कुछ होता तो यह देश इतने करोड़ खर्च करने पर तीस सालों में स्वर्ग हो गया होता। पर ऐसा नहीं होता। इस सात सौ करोड़ में तीन सौ करोड़ रुपया वेतन, दफ्तर, भत्ता, टेंडरों के भ्रष्ट कमीशन में जाएगा, दो सौ खर्च नहीं हो पाएगा और सौ करोड़ गलत खर्च होगा। इस देश का भ्रष्ट अफसर वर्ग और नेता जनता के हर दुःख-दर्द से अपनी कमाई करना जानते हैं। वे इस बार भी यही करेंगे।

और बाढ़ का मौका तो नेता के लिए जनसेवकाई के प्रदर्शन का मौका होता है अब वे दल बल सहित कंबल बांटने निकलेंगे, थाली कटोरा और साड़ी देते हुए न्यूज़रील बनावाएंगे, जगह-जगह आंसू बहा अपनी पार्टी के वोट पक्के करेंगे। यही अवसर है, अपनी जड़ें उस बाढ़ से गीली ज़मीन में मज़बूत करने का। यह बाढ़ सबका नुकसान करती है पर नेताओं का इसमें लाभ होता है। विरोधी नेता परस्पर लड़ेंगे। एक-दूसरे पर बाढ़ से उत्पन्न कीचड़ उछालेंगे। अब यह होगा। गंगा यमुना का यह पानी बड़े फायदे देगा नेताओं को।

और अब चन्दे मांगनेवाले निकलेंगे। ऐश करनेवाले देश के उच्च वर्गों को अपनी उदारता और करुणा के प्रदर्शन का अवसर मिलेगा। चंदा होगा तो चंदा खानेवाले भी होंगे। जब तक बाढ़ की तस्वीर अखबारों में छप रही है, सामजसेवक टाइप का राजनैतिक दलाल वर्ग इस बहाने थोड़ी ऊपरी कमाई और जनसंपर्क कर लेगा। बाढ़ के पानी में से चंदे की रसीद बुकें लिए हाथ बाहर आएंगे। पानी उतरेगा और कमेटियों के दफ्तर हेरा-फेरी की राष्ट्रीय गतिविधियों में व्यस्त हो जाएंगे। दिखावे होंगे। ढोंग होंगे, और रुपया खाया जाएगा। सरकारी भ्रष्ट सात सौ करोड़ के बजट में से खाएंगे, गैर सरकारी भ्रष्ट चन्दे में से। ठेकेदार लोग

वातावरण को उत्तेज़ित करेंगे और निर्माण कार्य सेंक्शन होगा, तो कमीशन बांटेंगे, रेत मिलाएंगे। इस बाढ़ का दृश्य तो नज़र आ रहा है। वे दृश्य तो नज़र भी नहीं आएंगे।

तीस साल से जो भ्रष्टाचार की बाढ़ आई है वह नहीं उतरेगी। यह बाढ़ अंततः उस बाढ़ की मददगार हो जाएगी।

दूतावासों के चक्कर

हमारा सारा राष्ट्रीय स्वाभिमान किसी भी विदेशी दूतावास के दरवाज़े पर पहुंच एकाएक पिघलने लगता है। अन्दर से ह्स्किी, शेंपेन और वोडकाओं की नाना प्रकार की गन्ध आती है, विदेशी सिगरेटों और चुरुटों की कल्पना मसूड़ों में गुदगुदी उत्पन्न करती है और अगले ही क्षण महान पुरातन संस्कृति की दावेदारी का बिल्ला लटकाए हम उस सनातन ब्राह्मण की भिखारी मुद्रा में आ जाते हैं, जो सदियों से यजमान के द्वारे खड़ा है।

अभिनन्दन करवाने के लिए हमने किस-किस दरवाज़े दस्तक नहीं दी है ? स्वागत के प्यासे हम कुलांचे भरते कहां नहीं दौड़े ? वसुधा को शायद हमने जीमने-खाने की सुविधा के लिए कुटुम्ब माना है।

और दूतावास तो भाईचारे के अड्डे हैं, वहां सौजन्य-सत्कार का बजट होता है, अतिथि के लिए देव होता है, जोकि देवभूमि उनके वासी हम हैं। हमें खिलाओ, हमें पिलाओ, हमें विदेश का निमन्त्रण दो, हमारे होनहार कॉनवेंट ज्ञानी बालक को स्कॉलरशिप दो। इसके अलावा भी जो हो सके, वह दो।

हम उस देश के वासी हैं, जिस देश में गंगा बहती है और लोग ऐन नदी किनारे बजाय सिंचाई के पानी का इन्तज़ाम करने के, भीख मांगते हैं। अतः हमें दो। बस दो। हमारे राष्ट्रीय और सामाजिक जीवन में शायद दूतावासों की यही उपयोगिता रह गई है।

समाज में ऊपर उठने की नसैनी पर और और ऊपर चढ़ने का आकांक्षी भारतवासी जानता है कि यदि जीवन जीने का सुख है, तो समन्दर के उस पार है, इस पार नहीं। और दूतावासों के चक्कर काटने से संस्कृति, साहित्य ज्ञान, मैत्री आदान-प्रदान आदि किसी भी नाम से एक सेंध लगती है, चोर रास्ता खुलता है। नाना स्वाद की दारुओं, कैबरे लड़कियों, सेक्स शॉप, रेस्तरांओं के देशों में प्रवेश का।

जीवन सार्थक होता है। बेटी फोन पर जवाब देती गर्व से कह सकती है, 'पापा तो फारेन गए हैं।' कितना उच्च क्षण है हमारी भिखारी रीढ़हीन प्रतिभा का।

और इसके लिए आप कविता का भी इस्तेमाल करें, तो वह अन्तर्राष्ट्रीयता के खाते में डलेगा। विदेश यात्रा की चाह जिस हिन्दी कवि को लग जाती है, वह मूल कविता से अधिक महत्व विदेशी कविताओं के काम को देता है।

वह समझ जाता है कि हिन्दी में मौलिक रचना आखिर क्या धरती फोड़ लेगी। इस देश में होना क्या है और जो होगा भी तो क्या होगा ? हमारी कविता के अनुवाद हों, और यह तब होंगे, जब पहले उनकी कविताओं के अनुवाद कर हम पेश करें कि हुज़ूर हाज़िर हैं, एक विदेश यात्रा का मौका इनायत करें कविता के नाम पर, भगवान आपका जोड़ा सलामत रखे मालिक।

कत्थकिए चले गए, सितारिए चले गए, प्रोफेसरों, एडीटरों को मौका मिल गया। साहब हम कवि हैं। ऑरिजनल भी लिखते हैं, तो बाहरी मुल्कों के असर में लिखते हैं और इधर तो लिखा भी नहीं सिर्फ अनुवाद किया है, आपके मुल्क की कविताओं का ! हुजूर एक नज़र इधर डाल लें तो, हें हें पासपोर्ट बनवा लिया है मैंने। जी, दिसम्बर में सही। आपकी कृपा।

कोई चक्कर चलाओ। कोई बहाना खोजो, कहीं से मौका देखो और लगाओ चक्कर विदेश का।

ललचाई नज़रों से देखता है महत्वाकांक्षी भारतवासी दूतावास के दिल्ली दरवाज़ों की तरफ। सीना फुलाना सौदेबाज़ी की एक अदा है, भोली जिज्ञासाओं के तले सपने पनपते हैं, मध्यम वर्गी इच्छाओं के। सारी समस्याओं के अन्तिम हल इस देश में ह्विस्की खोज लेती है।

जो मामले नियम, परम्परा, मूल्यों और मजबूरियों की मर्यादाओं में नहीं निपटते, वे ह्विस्की की बोतल में इर्द-गिर्द निपट जाते हैं। अतः वह अन्तिम मूल्यवान तलाश रह गई है जीवन की और दूतावास उसके अखुट अनंत भण्डार हैं।

जीभ लपलपाती है अन्तर्राष्ट्रीयता की दिशा में। भारतीय प्रतिभा उन प्रश्नों के आविष्कार में व्यस्त हो जाती है, जिसके उत्तर देश की फटेहाल चिथड़ा परिधि में नहीं मिलते।

सुरसा अपना शरीर बढ़ाती है, अन्य भारतवासियों की तुलना में और एक ऐसी ऊंचाई तक जाने का गुब्बारा आभास उत्पन्न करती है कि अगले डेलीगेशन की सूची में नाम डल जाता है और तब वही भारतीय अपना सीना सिकोड़े, कंधे

उचकाता, पैर फेंकता एयरलाइंस की सीढ़ियों की तरफ लपकता चला जाता है। बस हो गया, जो कुछ अर्थवान होना था हो गया।

कोई कैसे गया, इसकी एक कहानी है और हर कहानी अलग है। एक दांव है, अदा है, योग्यता का एक ठुमका प्रदर्शन है, जो एक खास अखबारी और सेमिनारी ऊंचाई पर करना होता है, जो वह करता है, एक बार, दो बार, ज़रूरी हुआ तो दस बार और तब द्वार खुलता है।

और तब एक चौंकानेवाली खबर फैलती है–वे तो जा रहे हैं। हां, वे तो जा रहे हैं, इसी पच्चीस को, हो गया उनका, चलो अच्छा हुआ, कब लौट रहे हैं, छह वीक का है, शायद बढ़ जाए, कोशिश कर रहे हैं।

त्यागपत्र त्यागिए, त्यागीजी

हमारे देश की गद्दीवादी राजनीति का एक महत्वपूर्ण सूत्र यह है कि 'जब भी मुसीबत आए, उसका त्यागपत्र से सामना करो।'

त्यागपत्र यदि शस्त्र न होता, तो लोग उसे जेब में डाले न घूमते। जब भी ज़रूरत हुई, खींच कर खड़े हो गए। कोई तुम्हारा क्या बिगाड़ लेगा ? मुसीबत तुम्हारा क्या कर लेगी ? त्यागपत्र देख सबके कदम लड़खड़ाने लगेंगे।

त्यागपत्र और आवेदनपत्र की, या आवेदनपत्र से त्यागपत्र की दूरी को जो जितना कम कर लेता है, वह उतना ही सुखी है, इस देश में। वह जानता है कि कब छोड़ देना और कब उठा लेना उसके हित में है। नाव को डूबती देख जो मल्लाह त्यागपत्र देना जानते हैं वे नाव को भंवर से बचाने के कष्ट से बचे रहते हैं। चाहे सब डूब जाएं, वे नहीं डूबेंगे, वे तैरते हुए इस आत्मगौरव के साथ निकल जाएंगे कि मैंने त्याग कर दिया। त्याग में एक किस्म की महानता नज़र आती है। नौ सौ चूहे खाय, जब बिल्ली त्यागपत्र दे हज जाने लगती है, तो नौ सौ के अतिरिक्त शेष सभी चूहे उसे बिदा देने आते हैं। आंख में आंसू भर कहते हैं, बिल्ली हो तो ऐसी। ऊंचे उठने के शास्त्र में इसी कारण त्यागपत्र की बड़ी महिमा बखानी गई है।

कई बार त्यागपत्र में त्याग कम और पत्र ज़्यादा होता है। अक्सर तो त्याग होता ही नहीं, केवल पत्र होता है। ऐसे में त्याग से उलटे पकड़ मज़बूत होती है। नाजुक काम है, अनुभवी कर सकता है त्यागिए कुछ इस अदा से कि गिरफ्त मज़बूत हो। मानो बिल्ली चूहे से या शेर घायल खरगोश से त्यागपत्र के दस्ताने पंजों में लगा खेल रहा हो। लोग त्यागी से डरते हैं, इसका एक कारण यह भी है कि पता नहीं कम्बख्त कब वापिस आ जाए।

त्याग के विपरीत शब्द है कर्म। त्यागपत्र देनेवाले पद पर रहकर जो कर्म

करना है, उसे छोड़ देते हैं। पद छोड़ना अर्थात् काम छोड़ना। पद इस देश में पद और काम के रिश्ते सदैव ढीले रहे हैं। जब लोग पद पर आते हैं, तब भी वे कोई काम नहीं करते। सिर्फ बने रहते हैं। बल्कि पद एक ऐसी ऊंचाई है, जहां पर बैठ मनुष्य परिश्रम से मुक्ति पा लेता है। अब यह कोई काम न करनेवाला जब काम छोड़ता है, त्यागपत्र देता है, तब देखनेवाले समझ नहीं पाते कि यह दुखी होने का अवसर है या सुखी होने का। त्यागपत्र देनेवाले के हितैषी जब उसे सलाह देते हैं कि त्यागपत्र मत दो। उनका आशय यह होता है कि जब आप यों भी पद पर काम नहीं कर रहे हैं, तो त्यागपत्र देने से क्या फर्क पड़ेगा ? जब काम नहीं करना है, तो बेहतर है पद पर बने रहें। बल्कि कुछ न करने की सर्वश्रेष्ठ स्थितियां इस देश में उसे प्राप्त हैं, जो पद पर बैंठे हैं। निकम्मेपन की उच्चतम अवस्था पदाधिकारी हो जाना है। फिर काम छोड़ने के लिए कोई त्यागपत्र क्यों देगा ? काम और मेहनत को त्यागपत्र देकर ही तो वह पद पर आया है।

हमारे यहां प्राचीन काल से त्याग के समय की मुख-मुद्रा क्या होनी चाहिए यह निश्चित है। भ्रष्टाचार या निकम्मेपन के आरोप लगने पर त्यागपत्र देनेवाला मंत्री भी ऐसा चेहरा बना लेता है, जैसे गौतम बुद्ध गृह त्याग कर रहे हों या भरथरी ने राजपाट छोड़ा हो। मुख-मुद्रा परम्परा से प्राप्त है, दांव ताजा और अपना है। त्यागपत्र की टार्च जलाकर लोग पद पर वापिस लौटने का दरवाज़ा तलाशते हैं। त्यागपत्र से जो पथ प्रशस्त होता है, वह लौटते समय भी उतना ही उपयोगी सिद्ध होता है। बल्कि अक्सर त्यागपत्र देने के बाद लौटे हुए लोगों की अपने पद पर स्थिति ज़्यादा दृढ़ हो जाती है। रूठी हुई प्रियतमा जब मान जाती है, तो हृदय और बिस्तर पर उसके अधिकार अधिक सुरक्षित हो जाते हैं। त्यागपत्र भविष्य के लिए सुखद बर्थ का आरक्षण है।

इसलिए लोग त्यागपत्र को एक शब्दवेधी वाण की तरह मारते हैं और जिस तरफ से आवाज़ आ रही हो वह ठंडी हो जाती है। त्याग मानसिक स्तर पर नहीं होता, सिर्फ शरीर से त्याग होता है, कुछ देर के लिए और तब भी रूह वहीं मंडराती रहती है, मन वहीं चिपटा मौका तलाशता है। आधी राजनीति तो उचित अवसर तलाश लेना भर है, सो मिल जाता है।

कहने को हर नेता त्यागपत्र लिए घूमता है, पर जब मांगिए, तब कभी नहीं देता। क्यों दे ? और जब उसे लगता है कि हटने की सम्भावनाएं क्षीण हैं, तब वह त्यागपत्र की मनस्थिति व्यक्त करता है। सबसे पहले चमचे चिल्लाते हैं नहीं दीजिए, फिर अन्य निवेदन करते हैं, कृपया त्यागपत्र न दें।

त्यागपत्र एक सौहार्द है। देनेवाला आपसे अपेक्षा करता है कि आप उसे रोकेंगे और सौजन्यताओं की संस्कृति के मारे आप कहते भी हैं कि कृपया न दें। डर भी है कि आज वह दे रहा है, कल कहीं आपको देना पड़ा, तब कौन रोकेगा। अतः त्यागपत्र देते हुए शख्स को रोकना एक किस्म का बड़प्पन है, चन्द्रशेखरपन है।

लो मैं त्यागपत्र दे रहा हूं। आओ, मुझे ऐसा करने से रोको। कृपया जल्दी, खड़े-खड़े मुंह क्या देख रहे हो। अपील करो कि मैं त्यागपत्र न दूं। धोखेबाज़ साले। इसी वक्त के लिए आनेवाले होने का दावा करते थे। शर्म आनी चाहिए कि एक व्यक्ति त्यागपत्र दे रहा है और उसे आज कोई रोकनेवाला नहीं है। ठीक है। धन्यवाद। मुझे आपने रोका, इसके लिए आजीवन मैं आपका आभारी रहूंगा। मैं अभी घोषणा करने जा ही रहा था कि मैंने फिलहाल त्यागपत्र का आइडिया त्याग दिया है। आपने मुझे त्यागपत्र देने से रोका है, कभी मैं भी आपको रोकूंगा। कृपया सुनें, कृपया सुनें भाइयों, मित्रों तथा अन्य नेताओं के आग्रह से मैंने त्यागपत्र वापिस ले लिया है।

कैबिनेटगाह

कैबिनेट बड़ी चीज़ है। फरिश्तों का सुविधामय कम्पार्टमेंट, छिछली ऐयाशियों का कल्पवृक्ष, हराम का डनलपिलों, आराम की सैद्धांतिक ऊष्मा और क्रांति के स्वप्नदोषों की गारन्टी देनेवाला बिस्तर। भारतीय राजनेता के टुच्चे मध्यवर्गीय सपनों की अन्तिम सीमा है एक बंगला, एक कार, एक सोफा, चार चमचे, मुफ्त यात्रा, थोथे निरर्थक सम्मान और चन्द विदेश यात्राएं। उसकी आकांक्षाओं का मगरमच्छ सदा इसी कीचड़ में आनन्द से छप-छप करता है। इस देश में राजनीतिक ऊंचाई का एवरेस्ट वही है। लोग कैबिनेटगाह में घुस जाते हैं और उनके जीवन के समस्त लक्ष्यों की इतिश्री हो जाती है।

प्रजातन्त्र का ढांचा हमने इंग्लैंड से उठा लिया है। लॉर्ड और लेडियों के उस देश में, जहां प्रजातन्त्र महारानी के चरणों में बैठकर काम करता है, कैबिनेट का गठन सबसे बड़ी राष्ट्रीय सनसनी है। मगर हमारे यहां भी स्थिति अलग नहीं है। कैबिनेट बनने और विकसित होने के सवाल पर यहां भी सट्टेबाज़ों जैसी अटकलें लगाई जाती हैं। किसे कौन-सा विभाग मिल रहा है, इसे लेकर लोग बड़े उत्तेजित रहते हैं। प्रधानमंत्री को यह मूर्ख गलतफहमी बनी रहती है कि कैबिनेट बनाना और विभागों का बंटवारा करना उसकी प्रतिभा की सबसे बड़ी परीक्षा है। इस चिन्ता में वह भगवान बुद्ध से ज़्यादा परेशान नज़र आता है। अखबारों में अटकलों और प्रचार के कारण साधारण आदमी भी उस बेमानी उत्तेजना में हिस्सेदारी करने लगता है। गृह कौन लेगा, कृषि कौन लेगा, उद्योग किसे मिलेगा ? अबे दीवाने, इससे क्या फर्क पड़ता है। होगा-जाएगा तो कुछ भी नहीं। सात नम्बर बंगले का आदमी तीन नम्बर में रहे और नौ नम्बर बंगलेवाला ग्यारह में चला जाए, तो यह चिन्ता किसी झोपड़पट्टी में रहनेवाले को क्यों सताती है ? बेगाने ऐश पर भुक्खड़ों में किस बात की खुशी ?

मगर देश को इस मूर्ख उत्तेजना में हिस्सेदारी करते इक्कावन साल बीत गए। आम आदमी की खोपड़ी पर पुलिस का डंडा और गाली ज्यों की त्यों बनी रहे, इस फिक्र में सरदार पटेल से, क्या नाम है इनका, चरण सिंह तक गृह मन्त्री बने, पब्लिक स्कूल और कॉन्वेंट की शैक्षणिक संस्कृति को बरकरार रखने और स्कूलों की दुर्दशा में एक रत्ती का परिवर्तन न करने के मकसद से मौलाना आज़ाद से आज तक कितने लोगों ने शिक्षा मन्त्री बनने की शपथ खाई, गिनती करना बेकार है। जो लोग बंगला, कार, भत्ता आदि के लालच से कैबिनेट में समा जाने के लिए जुबान लपलपाते हैं, उनकी प्रवृत्ति समझ में आती है, मगर कैबिनेट को लेकर जब कोई साधारण आदमी उत्तेज़ित नज़र आता है तब हंसी आती है। देश की मिट्टी अब नेताओं को जन्म नहीं देती। इससे कैबिनेट के सदस्य उपजते हैं।

इस प्रजातन्त्र ने विरोधी नेता को भी कैबिनेट के मेम्बर का दर्जा दे दिया है और विरोधी नेता है कि उसने इसे सहर्ष स्वीकार लिया। मेरी रोटी पर जो मक्खन लग रहा है, वह मैं यदि तुझे भी लगा दूं तो निश्चित ही तेरे विरोध में चिकनाहट आ जाने की संभावना है।

आज जनता पार्टी अपने झगड़ों का हल कैबिनेट में खोजती है। सिद्धांतों के दावेदारों का यह कैसा रोचक स्खलन है। चन्द्रशेखर को कैबिनेट में ले लें, फिर सब ठीक हो जाएगा। फलां-फलां को अन्दर कर लें, मजबूती आ जाएगी। जैसे इस देश की मूल समस्या यही हो कि लोग किस तरह कैबिनेट के मेम्बर बनें। अगर किसी जुगत से सारी जनता पार्टी मन्त्रिमण्डल की सदस्य बन जाए तो सारी समस्याएं मिट जाएं। सबमें एकता स्थापित हो जाए।

कुछ ही दिनों पहले चरण सिंह कितने रोब और तेश से कैबिनेट से बाहर हुए थे। कान्ति देसाई को लेकर दो टूक बात कहकर वे अलग हुए थे। बयानों और पत्र-व्यवहार में ऐसा समां बंधा था कि जब तक इस सिद्धान्त के प्रश्न पर मोरारजी उनकी बात नहीं मानेंगे, चरण सिंह नहीं झुकेंगे। पर देखिए कि कुछ ही दिनों बाद महज़ कैबिनेट की सदस्यता का ज़िक्र ही काफी हुआ और कैबिनेट में फिर हाज़िर। क्यों भई, यह थूककर चाट कैसी ? क्या मोरारजी देसाई ने अपने बेटे कान्ति देसाई की जांच करने की बात मंज़ूर कर ली ? या आपने गलती मान ली ? कान्ति देसाई के सवाल पर आपकी सारी दृढ़ता कहां गई और कैबिनेट में घुसने को राज़ी क्यों हो गए ?

मगर बस यही तीस साल में विकसित हुए नेतृत्व की मानसिक सीमा है

कि वह कैबिनेट की सदस्यता को समस्या का अन्तिम हल मानता है। जगजीवनराम कैबिनेट में हैं तो देश के हरिजनों की समस्या सुलझी पड़ी है। चरण सिंह अन्दर आ गए तो किसानों का असन्तोष मिट जाएगा। कैबिनेट न हुई राष्ट्रीय कचरापेटी हुई, जिसमें हम नेता के रूप में एक समूची समस्या को डाल बेफिक्र हो जाते हैं। नेता खुद उस कचरापेटी में कूदने को उतावला रहता है। सारी गहराइयों में असल छिछलापन सिर्फ इतना होता है कि एक अदद इन्सान कैबिनेट के अन्दर आना चाहता है। इससे आगे की न सोचना है और न इसकी ज़रूरत है।

तीस साल से यह परेशान देश नित कैबिनेट बनाता-बदलता रहा है और गोडो के इन्तज़ार की तरह हर बार यह सोचता रहा कि इस बार बनी कैबिनेट शायद उसकी समस्याएं सुलझा देगी। कितने चरण सिंह घुसते-निकलते रहे, कुछ नहीं हुआ। मगर फिर वही गोडो का इन्तज़ार। सबकी आंखें और उम्मीद उन निष्प्रयोजन कुर्सियों पर लगी रहती है। पता नहीं कब इस देश का कैबिनेट-मोह टूटेगा।

क्रांति से कांति तक

दिन कितनी जल्दी बीतते हैं, राजनीति में। सब कुछ वही रहकर भी वह नहीं रहता, जो था। आज भी जयप्रकाश नारायण उतने ही बीमार हैं, जितने तब थे जब वे एक दिन डायलेसिस पर चढ़ते थे और तीन दिन एनलेसिस पर उतरते थे कि देश का मर्ज इन्दिरा गांधी है। आज भी मोरारजी की रीढ़ वैसी ही अनझुकी है, जब वे भरी सभा में कहते थे, निर्भय रहो, मगर मैं गलती करता हूं तो मेरे कान खींचो। तब भी चरण सिंह ऐसे ही रह-रहकर रोगशैया पर चले जाते थे। ऐसी ही थी चन्द्रशेखर की दाढ़ी, फर्नाडिज का जोश खरोश से चुनौतियां फेंकना। नानाजी देशमुख और मधुलिमये उस ज़माने में कैसे संगठन सम्बन्धी समझदारी के सक्रिय मदारी नज़र आते थे। आज भी उनकी मुद्रा वैसी ही है। कृपालानी उतने ही दूर उतने ही पास हैं, जितने तब थे। सबकी चाल-ढाल, अदा, आवाज़ और चेहरे की शिकन वही है। जो तब थी जब लोग दूसरी आज़ादी शब्द गढ़ रहे थे और परिवर्तन की सम्भावनाओं को लाड़ से क्रांति पुकारते थे। एक वो क्या होती थी ?...हां सम्पूर्ण क्रांति ! जो बिना आरम्भ हुए ही सम्पूर्णता का सन्तोष देती थी। वही है, कुछ बदला नहीं पर ज्यों का त्यों निरर्थक और व्यर्थ हो गया। वक्त मरा, वाट मरा, वो भरोसा मरा जो हम इन (गाली न लिख पाने की मजबूरी है) से लगाए थे।

उन दिनों जब 'क्रांति, क्रांति' की आवाज़ उठ रही थी, तब प्रधानमन्त्री की कुर्सी की ताजी गरमी सेंकते मोरारजी देसाई उस खतरनाक शब्द से सत्ता का बचाव कर रहे थे। उनका खयाल था कि उनका पदग्रहण भारतीय इतिहास का उच्चतम बिन्दु है और इसके अहसास से हमें इतने गद्‌गद् हो जाना चाहिए कि क्रांति क्या, कोई भी चर्चा फिजूल है। वे प्रधानमन्त्री हैं, इस कम्बख्त देश को और क्या चाहिए ? उन्हें ये देख ताज्जुब था कि देश एक बूढ़े में अपना भविष्य

क्यों नहीं देखता ? वे स्वयं को माध्यम नहीं, परम लक्ष्य मानते हैं। पहले भी मानते थे, अब भी मानते हैं। पर दिन कैसे बीतते हैं राजनीति में कि वे ही मोरारजी जो अपनी योग्यता को ढाल समझ क्रांति की चर्चा से बचाव कर रहे थे, आज कांति की चर्चा से बचाव कर रहे हैं।

क्रांति से कांति तक ! बस इतना ढाई कोस चला है देश। कैसे नसीब हैं पचपन करोड़ लोगों के जो समाजवाद से संजय तक पहुंचे और अब क्रांति से कांति तक। ऐसा लगता है इस देश की बुनियादी समस्या प्रधानमन्त्री का लौंडा है। जब जो भी हो, हमें उससे अपनी किस्मत टकराना है। सारी ज़िन्दगी हम हाथ में कमीशन पकड़े इनके पीछे दौड़ते रहेंगे। लौंडे मस्ताते रहेंगे, देश पछताता रहेगा। ताज्जुब नहीं एक दिन सारे नए-पुराने प्रधानमन्त्रियों के छोकरे अपना यूनियन बना लें और सुप्रीम कोर्ट में जाकर मुल्क पर मुकदमा ठोक दें कि हमारी ऐश और भ्रष्टाचार की आज़ादी को खतरा है।

वह मोरारजी जो सारे देश को निर्भय रहने और सत्य पर अड़े रहने का जोश चढ़ाते थे, उनकी अपनी कैबिनेट के सदस्यों की निडरता और सत्य से घबरा गए। आज वे रूठे हुए अपनी कुर्सी पर बैठे हैं। जो दूसरों की हर पोल को उजागर कर दूध का दूध पानी का पानी करने का बड़ा बोल बोलते थे, एक चिट्ठी को ऐसे छुपा रहे हैं, जैसे सोलह साल की लड़कियां प्रेमपत्र छुपाती हैं। उस चिट्ठी में चरण सिंह ने प्यारे कांति पर आरोप लगाया है। मेरा कांति...प्यारा कांति... आंख का दुलारा कांति...कुल का सितारा कांति। भाड़ में गई क्रांति। जहन्नुम में जाए सत्य।

यह देश दो भागों में बंटा है। एक भाग में केवल कुर्सिया हैं, टेबल हैं, फाइलें हैं, घंटियां हैं, कारें हैं, फोन हैं। नेता और अफसरों का भूखंड। दूसरे भाग में आता है बाकी हिस्सा जहां अपनी किस्मत से जूझते, मेहनत करते, निराशाएं भोगते, मौत तक जैसे-तैसे ज़िन्दगी ढोते लोग रहते हैं। देश के इन दो भूखण्डों को एक करने की हर कोशिश नाकामयाब रही है। जब भी सीमान्त पर लड़ाइयां, मुठभेड़ें हुईं मामला शान्त होने तक कितने लहूलुहान हुए, कितने मारे गए। ज़मीन पर बैठा आदमी कभी कुर्सी पर बैठे आदमी को अपना मामला नहीं समझा पाया। कुर्सी पर बैठा आदमी कभी खाली नहीं था और वह कुर्सी पकड़े रहने के अतिरिक्त कुछ भी करने में असमर्थ था। यह दो देश हैं। जिसे पारपत्र मिल जाता है, वह हमेशा के लिए चला जाता है। लौटकर नहीं आता और याददाश्त गंवा चुका होता है।

ये सब मोरारजी, चरण सिंह, राजनारायण, फर्नाडिज या इस तरह की जितनी पुरुषवाचक संज्ञाएं दिल्ली में जा बैठी हैं, उनकी यादों से जेल के वे दिन, वे वादे वचन, वे वोट, वे नारे सब शून्य होते जा रहे हैं। कुर्सियों के चक्रव्यूह ने उन्हें लील लिया है। अब पटना फिर से काफी दूर हो गया है, उत्तर प्रदेश कठिन लगने लगा, दक्षिण अपरिचित हो गया। दिल्ली हर बार की तरह फिर उच्चता की कुतुब पर जा अटकी। समाजवाद और गरीबी के नाम पर नेतृत्व करनेवालों को, युग समाप्त होते ही, 'जनता' के नाम को भुनानेवाले आ गए। हमारे ही मटमैले शब्द हमें छलने लगे। कल तक जो भाव और धारणाएं घर आंगन में उपेक्षित-सी पड़ी थीं, सितारा बनकर हमारे भाग्य का मज़ाक बनाने लगीं।

वैचारिक हलचल से डनलपिलो शान्ति तक। स्पष्ट दिशानिर्देश से चौराहों की भ्रांति तक। सम्पूर्ण क्रांति से सपूत कांति तक। इतना चले हैं हम। बस इतना। जेल की कोठरी से सरकारी बंगलों तक। जोशीले भाषणों से उत्तर टालने तक। घोषणापत्र से आरोप भरी चिट्ठियों तक। खुली चर्चा से गुपचुप समझौतों तक। इतना चलें हैं हम इतने दिनों में।

मन्त्री का लौंडा

जहां तक निर्णय और कदम उठाने का सवाल है, हमारे मन्त्री नपुंसक होते हैं। सब कुछ देख, सुन और जानकर भी उन्हें न कुछ व्यापता है, न उत्तेजता है। पर जिस मोर्चे पर उन्हें नपंसुक होना चाहिए, वहां दुर्भाग्य से वे नपुंसक नहीं होते। आम आदमी से ऊपर उठकर भी वे कुछ मामले में एकदम आम आदमी होते हैं। अर्थात बच्चे पैदा करते हैं। पिछले वर्षों देश में जो ज़्यादा बच्चे पैदा हुए हैं, वे अपने में समस्या हैं। पर मन्त्रियों, मुख्यमन्त्रियों, केन्द्रीय मन्त्रियों और प्रधानमन्त्रियों ने जो बच्चे पैदा कर दिए, वे आज इस देश की ज़्यादा बड़ी समस्या हैं।

जवाहरलाल नेहरू का उदाहरण लीजिए। देश के लिए उन्होंने और सब काफी किया, पर जो महत्वपूर्ण कार्य उन्होंने सम्पन्न किया, जिसका भावी इतिहास पर गहरा प्रभाव पड़ा, वह इन्दिरा गांधी को जन्म देना था। धीरे-धीरे इन्दिरा जी अपने आप में इस देश की समस्या हो गईं। जो बमुश्किल तमाम सुलझी पर अब फिर तनकर खड़ी हो गईं। वे क्या करें ? उनकी नसों में प्रधानमन्त्री का खून बहता है। और उनके सुपुत्र संजय़ जी का तो कहना ही क्या ? वे भी इस राष्ट्र की सबसे बड़ी समस्या बन गए। ज़्यादा समय नहीं मिला अथवा लालबहादुर शास्त्री के पुत्र भी समस्या अवश्य बनते। अभी वे इस दिशा में प्रायः सोचते हैं कि हम किस तरह राष्ट्र के लिए समस्या बन सकते हैं।

सैंतालीस में आज़ादी आई। हमारे नेता जेल और आन्दोलन के तनाव से मुक्त हुए और हर्ष और उत्तेजना की उस घड़ी में वे पत्नियों के पास गए। उन्हें तब नये-नये बंगले, गद्दे और डबल बेड आदि मिले थे। वहां वे पहली बार और ऐश के समस्त साधनों से लैस हो पिता बने। यह सन् पचास के आसपास की स्थिति है। नन्हे-मुन्ने उनके बच्चे, जो सरकारी बंगलों की लॉन में खेले, सरकारी

कारों में शाला गए, दबाव डालकर जिनके मार्क्स बढ़ाए गए, धीरे-धीरे उसी फिजां में बढ़ने लगे। मन्त्रियों के बंगलों के आदर्शवादी फ्रॉड वातावरण में चमचे, दलाल, रिश्वत देने वाले, भ्रष्ट लोग जमा होते हैं। उसी माहौल और संस्कृति के ऐसे भ्रष्ट पालने में इन बच्चों का विकास हुआ। अपने बंगले में इन बच्चों ने पिता को झूठ बोलते, स्वार्थी समझौते करते, रिश्वत लेते, आश्वासन दे जनता को मूर्ख बनाते देखा। धीरे-धीरे कुर्सी से चिपके रहने की कला इन बच्चों को समझ आ गई। देश को, समाज को उन्होंने बंगले की निगाह से देखा और ये समझ गए कि राजनीति का लक्ष्य-ऐश करना है तथा सही तोड़-जोड़ करने से सभी काम सध सकते हैं। सब कुछ खरीदा जा सकता है, कुछ भी कठिन नहीं है। वे यह भी समझ गए कि सत्ता में अपनी जागीर बनाए रखने के लिए हमें खुद कुछ करना होगा तभी होगा। बस वे कृतसंकल्प हो गए कि देश की ऐसी तैसी करके मानेंगे। ट्रेनिंग शुरू हुई। पहला पाठ सीखा, फाइल पर विशिष्ट निर्णय चाहनेवाली गरजमन्द पार्टी से किस तरह रुपया वसूलना चाहिए। दूसरा पाठ, संस्थाओं पर कब्ज़ा और उनका स्वार्थ पूर्ति के लिए इस्तेमाल। तीसरा पाठ, गुट निर्माण तथा इमेज़ बनाने के नुस्खों का नंगा प्रयोग। बूढ़े मन्त्री पिताओं ने इन लड़कों को राजनीति की नई पीढ़ी के रूप में संबोधित किया और उनके टिकट देने के लिए दबाव डाला।

आज़ादी को तीस वर्ष से ऊपर हो गए। मन्त्रियों के लौंडे इन वर्षों में जवान हैं और देश की छाती पर पैर रखकर मूंग दलने का अवसर मांग रहे हैं। ये वो लड़के हैं, जिनके गुरु इनसे स्कूल कॉलेज में थरथर कांपते थे कि कब साले नौकरी से निकलवा दें या तबादला करवा दें। राजनेता बाप के बेटे होने के कारण कोई इनके मुंह नहीं लगा और सब इनसे नम्रता से पेश आए। बंगलों में ये सदा चमचों, स्टाफ, ड्राइवर और चपरासी के लाडले बने रहे। जो मांगा ठेकेदारों और सप्लायरों ने ला दिया। जैसे ही मसें भीगीं इनके सामने ह्स्की और कन्याएं पेश होने लगीं। इन्हें लगा कि यह देश अपना भविष्य प्लेट में रखकर पेश करता झुका खड़ा है, इनके सामने।

धीरे-धीरे ये चतुर लौंडें राजनीति में बड़े काम की चीज़ बन गए। हर मन्त्री की समान्तर गन्दी राजनीति के ये सूत्रधार हो गए।

यह देश इन दिनों में मन्त्रियों के लौंडों के जवान होने की सज़ा भुगत रहा है। ये लौंडे कुछ भी कर सकते हैं। इनके खिलाफ देश के किसी थाने में रिपोर्ट नहीं लिखवाई जा सकती। बलात्कार, हत्या, रिश्वत, ऐश, रुपया वसूली,

गुंडागर्दी से लेकर आदर्शवादी भाषण देने तक ये कुछ भी कर सकते हैं। आप इन्हें सहन कीजिए, क्योंकि ये प्रधानमन्त्री, केन्द्रीय मन्त्री या मुख्यमन्त्री के बेटे हैं। उनका नाम कुछ भी हो, संजय, कांति या सुरेश, क्या फर्क पड़ता है ? सब एक से हैं। किसी को ज़्यादा मौका मिला, किसी को कम। प्रतिभाएं समान हैं, अन्तर केवल अवसर का है।

मैं एक लम्बी कविता लिखने के मूड में हूं मन्त्रियों के लड़कों पर। नमूना पेश है–

क्या क्या गज़ब ढाये है, मन्त्री का लौंडा
कैसा नाच नचाये है, मन्त्री का लौंडा
निकला है अपने बाप से, बढ़ कर के दो हाथ
पूरे मुल्क को दबाये है, मन्त्री का लौंडा

काबिल तवज्जो इत्तला

फिल हकीकत बात यह है साहबान कि मुल्क पर वक्त यों गुज़र रहा है कि शेख़ सादी की बात याद आती है। जिसका कुल तर्जुमा और लुब्बे-लुबाब यह था कि कोई मरता नहीं बिना मौत, आए, बशर्ते तू खुद अजदहे के मुंह में न जाए। मगर कम्बख़्त जनता पार्टी जिस कापरेटिव से बने प्राणी का नाम है, लाख इशारा करने पर नहीं मान रही और अजदहे के मुंह में जाने के लिए बेचैन है। हर बशर के दिल में इस वक्त यही फिक्र है कि गोया जाने दें ? या रोकें ? सवाल यह है कि जब तुम अपनी पर उतारूं हो, तो क्यूं रोकें ? तकलीफ होगी, जब हिस्ट्री में लिखा जाएगा कि ये लोग हुकूमत की अटारी में बड़े दरवाज़े से सीना फुलाकर घुसे और देखते-देखते खिड़की के रास्ते बाहर हो गए। आना क्या और जाना क्या, नासमझों का ठीक-ठिकाना क्या ? आज मिले हैं, कल बिछड़ जाएंगे; अभी आगे हैं, फिर पिछड़ जाएंगे। लोग एक-दूसरे से पूछ रहे हैं कि जो वोट हमने दिया था, उसका क्या हुआ ? क्या इस बार भी पोलिंग के डिब्बे में नेकी डालने पर बदी हाथ आई ?

और नेकी-बदी के सवाल पर अर्ज है किस्सा उस बिरहमन का, जिसने पिंजड़े में बन्द शेर का निजात दिलाई और बाद में पछताया। सुन और हो सके तो नसीहत ले।

किस्सा यूं है कि किसी जंगल में एक बिरहमन गुज़रते हुए एक रोज़ क्या देखता है कि एक शेर मोटे रस्से से जकड़ा हुआ पिंजरे में बंद है। गोया किसी मुल्क का लीडर इमर्ज़ेंसी लागू होने पर, गलत आईन की गिरफ्त में बंधा बदनसीबी की तिहाड़ जेल में सड़ रहा हो। शेर ने बिरहमन को देखा, तो गिड़गिड़ाने लगा—"ऐ बिरहमन देवता, रहम कर मेरे हाल पर। दिला निजात मुझे इस कैद से और इतमीनान रख कि इस जांबख़्शी के एवज में मैं एक दिन तेरे काम आऊंगा।" नज़ारा यूं

था कि जैसे जेल में बन्द लीडरान सरकारी लालटेन जला यह मेनिफेस्टो लिख रहे हों कि भाइयो, हमें इस जहन्नुम से आज़ाद करो, तो हम आपको जन्नत बख्शें।

शेर के बिलबिलाने से बिरहमन का दिल भर आया। उसने कफस का दरवाज़ा खोल दिया और हाथ-पैरों पर बंधी रस्सी खोल शेर को आज़ाद कर दिया। आज़ाद होते ही उसने उस गरीब नेक बिरहमन को दबोचा कि तुझे खाऊंगा, क्योंकि बहुत दिनों का भूखा हूं।

अब वक्त आया बिरहमन के गिड़गिड़ाने और बिलबिलाने का। नेता रोए पांच दिन, जनता रोए पांच साल। "ऐ, शेर मैंने तेरे साथ भलाई की और तू इरादा बदी का रखता है।" शेर हंसा और बोला, "दुनिया में यही होता आया है और होता रहेगा। अगर मैं तुझे खा रहा हूं, तो इसकी भी एक रिवायत है। न माने तो सामने खड़े इस दरख्त से पूछ। क्यों भाई दरख्त, सच बता, इस बिरहमन की नेकी के बदले मेरा बदी करना क्या गलत है।"

दरख्त पुराना, गमजदा और बड़ी हद तक फ्रस्ट्रेटेड था। वह बोला, "यही रिवाज है, मैं जिन मुसाफिरों को साया देता हूं, वे ही पत्थर मार मेरे फल तोड़ते हैं। डाल काट लाठी बनाते हैं, पत्ते नोच अपनी बकरियों को ऐश करवाते हैं। मैने तो यही जाना कि भलाई का एवज बुराई है।" शेर ने अर्ज किया कि, "बिरहमन देवता, आज्ञा हो तो लगाऊं आप पर टमाटो सॉस ? या किसी और से दरयाफ्त करना है ?" बिरहमन ने कहा, "चलो किसी और से पूछें।" बिरहमन का बस चलता, तो इस बात पर एक कमीशन या इंक्वायरी की मांग करता, क्योंकि मुसीबत और मौत जितने दिन टले वही बेहतर !

तभी सामने से एक गीदड़ साहब तशरीफ लाते नज़र आए, जो पहले हस्बमामूल देखते ही शेर की दुम दबाकर भागे, मगर शेर ने ललकारा कि, "ऐ, गीदड़ रुक ! अंदेशा न कर, क्योंकि हमें तुमसे सिर्फ एक सवाल पूछना है।"

गीदड़ रुके, सलाम किया, झुके और बोले, "मैं ठहरा बेवकूफ, मैं आपके सवाल का क्या जवाब दूंगा; मगर पूछिए।"

शेर ने कहा, "इस बिरहमन ने मेरे साथ नेकी की और मैं इसके साथ बदी करता हूं, तो बोल, क्या गलत करता हूं ?"

"अरे इसकी क्या मजाल, जो आप जैसे ताकतवर के साथ नेकी करे और आपको क्या पड़ी एवज में बदी करने की। जब तक पूरा किस्सा खुलासा न करेंगे, मैं राय नहीं दे सकता।"

बिरहमन ने बताया, "यह शेर इस पिंजड़े में बन्द था, इसके हाथ-पैर रस्से से बंधे थे, मैंने इसे आज़ाद किया।"

गीदड़ बिगड़ा। बोला, "किसी और को चलाइए, इतना बड़ा शेर पिंजड़े में क्यों बन्द होने लगा। और हमने तो कभी शेर के हाथ-पैर रस्सी से बंधे नहीं देखे ? अगर ऐसा है भी, तो आप में क्या दम, जो रस्सी खोल सकें ?"

शेर ने कहा, "भाई गीदड़, बिरहमन ठीक कहता है।"

"मुझे तो आंखों से देखे बिना एतबार नहीं होगा। और जब तक दिल में एतबार न हो, राय कैसे दी जा सकती है।" गीदड़ पिनपिनाया।

गरज यह कि स्क्रीनप्ले फिर लिखा गया और सारा शॉट रीटेक होने लगा। शेर पिंजड़े में गया। ब्राह्मण ने उसके हाथ-पैर बांधे।

जब ब्राह्मण अपनी नेकी का करिशमा दिखाने के लिए शेर के हाथ-पैरों की रस्सी खोलने लगा, तो गीदड़ ने ललकारा, "अबे, ओ ! गोबर गणेश, यह क्या कर रहा है ? पत्थर पड़ें तेरी अकल पर नादान, ऐसों के साथ नेकी करना अपने हाथ से अपने पैरों पर कुल्हाड़ी मारना है। तुझे क्या ज़रूरत, जो इसको आज़ाद कर इसी का लुकमा बने। मरने दे साले को।"

तो अजीज दोस्तो, किस्से के आखीर में मैं यही कहूंगा, जो किस्से के आखीर में कहा जाता है कि गरज जिस तरह किया उनका शाद हमारी भी दें यों इलाही मुराद। मुल्क उस बिरहमन की तरह अपने किए पर परेशां है और जनता पार्टी का खुर्राट शेर अपनी वाली पर उतारू है और मुल्क की उम्मीदों पर टमाटो सॉस लगा उसे लुकमा बनाने के चक्कर में है। आनेवाला वक्त गीदड़ की चाल से चला आ रहा है। ताज्जुब नहीं कि मुल्क अपना पुराना स्क्रीनप्ले फिर से लिखने लगे यह हो इसके पहले मैं यह पूछना चाहूंगा, "शेर भाई साहब, लीडरान जनता पार्टी के, अगर आप अपने साथ हुई नेकी की याद कर इस मुल्क का नुकसान न करें, तो नहीं चलेगा ? हम बेवकूफ गीदड़ सही, मगर आप फिर पिंजड़े में बन्द हो सकते हैं। कहानी से नसीहत लीजिए और बिरहमन और गीदड़ का साथ ले ज़िन्दा रहने की कोशिश कीजिए। इसी में खैर है।"

होता रहता है वही

कुछ बातें हैं, जो इस देश में हमेशा होती रहती हैं। जैसे कोई विदेशी सत्ताधारी हवाई जहाज़ से उतरता है और हमारी तारीफ़ करता है। फिर वह दिल्ली, जयपुर, आगरा वगैरा घूम-लौट कर आता है और फिर हमारी तारीफ कर देता है। हमारे विदेशमन्त्री किसी-न-किसी देश में पहुंच जाते हैं और भारत के अच्छे होने का प्रमाणपत्र प्राप्त कर लेते हैं। हम शान्ति चाहते हैं, प्रजातंत्र में भरोसा करते हैं, कमाल की प्रगति कर रहे हैं वगैरा। एक समझौता होता है, जिसमें कुछ समझौता हो जाता है। नेहरू के ज़माने से ऐसा कुछ होता रहा है। तब भी नई सरकार थी, अपने काबिल और महान होने के प्रमाणपत्र बटोरते नेहरू-मेनन हर कहीं जब मौंका लगा पहुंच जाते थे। आजकल नई सरकार है। यात्राएं करने की वही बालोचित उमंग काफी परिमाण में है।

मदद मिल जाती है। यह कम्बख़्त हमेशा मिलती रही है। आत्मनिर्भर होने के चक्कर में हम मदद मांगते फिरते हैं और जो हमें पैरों पर खड़े देखना चाहते हैं, वे सहारा देने में चूकते नहीं।

देश प्रगति करता रहता है। हम शान्ति चाहते रहते हैं। अपने हवाई जहाज़ों की मारक-शक्ति और गति से निरन्तर असंतुष्ट हम शान्ति चाहते रहते हैं। हम शान्ति और शस्त्र की तलाश में भटकते रहते हैं सारी दुनिया में। हमें देश में सदा नई सम्भावना का पता चलता रहता है। जैसे पेट्रोल कहीं मिल सकता है अथवा अमुक बांध बन जाने पर सिंचाई बढ़ने की सम्भावना है अथवा तीन वर्षों में हम फलां चीज़ में न सिर्फ आत्मनिर्भर हो जाएंगे वरन, निर्यात भी करने लगेंगे। लौंग से एटमबम तक सम्भावनाएं व्यापक हैं। तेल की बूंद से नदी की धार तक हमें स्थिति को नियंत्रित करना है।

हर सरकार साल में चार बार यह कहती है कि हरिजन, आदिवासी तथा

अन्य पिछड़े वर्गों की समस्याओं को हम प्राथमिकता देंगे। बरसों से यह बात कही जाती रही है। वादों का श्रीगणेश हरिजनों से होता है और निर्णय और क्रियाओं की इतिश्री बनियों पर होती है। गांवों में खुशहाली लाने की बातें तीस साल से करीब-करीब फाइनल हैं और अब भी पक्की हो रही हैं। बेकारी दूर करने की तरफ सबका ध्यान बगुले की तरह लगा है। ठोस कदम बड़ी हद तक उठाए जा रहे हैं। बहुत ठोस योजना होने के कारण ही शायद कदम भारी पड़ रहा है और उठ नहीं पाता है। पोले कदम उठाना ज़्यादा ठीक होता। यों शिकायत आम है कि ठोस कदम पोले हैं। फिर पता नहीं क्या बात है। कृषि उद्योग का विकास, बेकारी का निवारण होता रहता है।

स्थिति में सुधार करने के लिए शासन कटिबद्ध होता है। कटि तो बद्ध हो जाती है, स्थिति वही रहती है। कटि को बद्ध करने के लिए बजट में प्रावधान रखा जाता है, विभाग खोले जाते हैं, अफसर नियुक्त होते हैं। काफी खर्च के बाद कटि बद्ध हो जाती है। लोग भी दाद देते हैं, वाह ! क्या कटि है और कमाल की बद्ध है। अब शासन को फिक्र होती है कि कहीं कटि ढीली न हो जाए। बजट में और प्रावधान बढ़ाया जाता है ताकि कटि दिन प्रति दिन अधिक बद्ध हो। कटि ठीक हो जाती है, स्थितियां वही रहती हैं, जिसके लिए कटि को बद्ध किया जाता है।

शान्ति बनी रहती है, धुरा चल जाता है। विचार होता रहता है, गोली चल जाती है। दशा सुधरती रहती है, बलात्कार हो जाते हैं।

कारखाने लाभ में चलते हैं, मज़दूर और वेतन के लिए हड़ताल करते रहते हैं। सरकार व्यापारियों को धमकी देती रहती है, व्यापारी पार्टियों को चन्दा देते रहते हैं। जनता कांग्रेस को गाली देती है, कांग्रेस जनता पार्टी को और लोग दोनों की गालियां देते रहते हैं। योजना आयोग में कुछ-न-कुछ परिवर्तन चलते रहते हैं या तो आयोग बदलता रहता है या योजनाएं बदलती रहती हैं। प्राथमिकताएं निश्चित की जाती हैं मगर वे काम ज़रूर नहीं हो पाते।

अफसर भ्रष्ट होते हैं, सरकार उनकी मदद से भ्रष्टाचार दूर करने का प्रयत्न करती रहती है। वह और अफसरों को नियुक्त करती है, उन्हें प्रमोशन देती रहती है। कुछ लोग शिकायतें करते रहते हैं, कुछ रिश्वत देते रहते हैं। फिर शिकायत करनेवालों को कमीशन मिलने लगता है। सरकार कमीशन बिठाती है, कमीशन रिपोर्ट देता है, रिपोर्ट पर विचार होता है, तब तक सरकार बदल जाती है।

छब्बीस जनवरी हो जाती है, पन्द्रह अगस्त हो जाता है, दो अक्तूबर हो

जाता है। सलामी हो जाती है, झण्डा लग जाता है, चरखा चल जाता है। बाढ़ आती है, सूखा पड़ जाता है, वायु दुर्घटना हो जाती है, नाव उलट जाती है, मकान गिर जाते हैं। सरकार को दुख होता है, अफसोस होता है, चिन्ता होती है, सहानुभूति रहती है। लोग मरते रहते हैं मन्त्री शपथ लेते रहते हैं।

कुछ बातें हैं जो देश में होती रहती हैं। भाषण, अपराध, वादे, मर्डर, उद्घाटन, तालाबन्दी, यात्रा, पराजय। चलता रहता है। किसी ओर से देश अच्छा लगता है, किसी ओर से बुरा लगता है। लगता है, लगा करे। किसी को इससे क्या कि तुम्हें क्या लगता है जब तक तुम लगते न हो किसी के।

हसरत उन नोटों पर है

शरम हया भी एक चीज़ होती है। रोमांस और शृंगार के संकीर्ण क्षेत्र में चाहे इसकी विशेष आवश्यकता न रह गई हो, पर आर्थिक मामलों में अब भी यह अदा उपयोगी है। इसी भावना का मारा मेरा दोस्त पिछले दिनों बैंक नहीं गया और अपने हज़ार, पांच हज़ार और दस हज़ारी नोट लिए घर बैठा रहा। जब मैं उससे मिलने गया, वह खिड़की के पास खड़ा गज़ल गा रहा था। उसका कुछ काला रुपया हिन्दी फिल्मों में लगा है, इसलिए वह जानता है गहन पीड़ा के क्षणों में क्या करना चाहिए। वह गज़ल गा रहा था। हमको बहुत रुलाया नोटों ने हज़ार होकर।

मुझे पता है कि गम के ऐसे मौकों पर क्या करना चाहिए। मैंने चेहरा लटका लिया। यानी जितना लटका रहता है, उससे कुछ ज़्यादा। हसरत उन गुंचों पर है, जो बिन खिले मुरझा गए थे वज़न पर उससे सहमत होते हुए मैंने कहा कि अब इन नोटों का क्या होगा ?

क्या होगा ? एक प्रश्न उसके ड्राइंग रूम के नन्हें आकाश से उभरा और राष्ट्र के आकाश में छाने की कोशिश में अन्य ऐसे ही प्रश्नों से टकरा गया, जो अन्य ऐसे ही ड्राइंग रूमों से उभरे थे।

'अब यह नोट इस काबिल हो गए हैं कि इनके कांग्रेस की तरह दो टुकड़े कर दिए जाने चाहिए।' मैंने गम्भीरता से कहा।

'हूं, पर यह इतना सरल नहीं है। नये नोट हैं, कांग्रेस की तरह नब्बे साल पुराने नहीं कि चार टुकड़े भी कर दो तो फर्क नहीं पड़ता।'

'मगर अब इनका उपयोग क्या रह गया ? कांग्रेस की तरह सिर्फ इतिहास बकाया है, वादा करने की शक्ति तो समाप्त हो गई। आई प्रामिस टू पे दि बीअरर ए समाजवाद लेड बाई संजय गांधी इन हिज़ मिनी कार।' मैंने कहा।

वह कुछ देर किसी खयाल में डूबा रहा। फिर बोला, 'गालिब ने ऐसे वक्त पर क्या कहा है ?'

ज़रूर कुछ-न-कुछ होगा क्योंकि वह कम्बख़्त कहता रहता है। कुछ न था तब यह हज़ार का नोट था, कुछ न होता तो हज़ार का नोट होता। डुबोया मुझको होने के, गर यह न होता तो क्या होता।

गालिब को जमाने की उसने कोशिश की। जमा नहीं। तब मैंने दूसरी कोशिश की।

'देख भई रहीम ने कहा है, दुख में सुमिरन सब करैं, सुख में करैं न कोय। और जो सुख में सुमिरन करैं, दुख काहे को होय। मतलब यह कि आज तू मेरे सामने हज़ार-हज़ार के नोट फैलाकर बैठा है कि ले शरद इन्हें रस्ते लगा, फूंक जहां दिल चाहे। अगर यही बात तू मुझसे तब कहता, जब यह नोट चल रहे थे, तो क्या आज यह दिन देखने में आता। अभी तक मैं इन्हें खत्म कर चुका होता।'

रहीम का असर पड़ा। परिस्थितियां कुछ ऐसी हैं कि श्रीकांत वर्मा के अलावा सभी कविगणों का असर पड़ रहा है। वह भावुक हो गया। फिर सहसा बोला।

'मैं ये नोट श्रीमती गांधी को दे आता हूं। उनके पास एक भी नहीं है। यह शोभा नहीं देता कि उनके पास एक भी नोट न हो।'

'वे बदलवा सकेंगी इन्हें ? क्या अब भी बैंक के मैनेजर उनके मौखिक आदेशों पर अमल करते हैं ?' मैंने पूछा।

'पता नहीं। फिर भी मैं चाहता हूं कि ये दस-दस हज़ार के नोट उन्हें भेट कर दूं। उनकी कांग्रेस के चुनाव में विजय पाने की दिशा में मेरा नम्र योग। उनकी यह शिकायत भी मिट जाएगी कि जनता पार्टी के दबाव में आकर केपिटलिस्ट उन्हें चन्दा नहीं दे रहे। हम जैसे केपिटलिस्ट जिनके हज़ार के नोट नहीं चल रहे, आज भी उनके साथ हैं और उनके समाजवाद में आस्था रखते हैं।

'हम इन नोटों की नाव बनाकर इन्हें गंगा में तैराएं तो कैसा रहे ?' मैंने सुझाया।

'इसके हवाई जहाज़ बनाकर रामलीला मैदान में उड़ाएं ?' उसने कहा।

'इन नोटों को उन स्कूली बच्चों में बांट दें, जो पुराने सिक्के, नोट और टिकिट बटोरते हैं।'

'हम इन नोटों की लुग्दी बनाकर पेपरमशी का महंगा खिलौना बनाएं और ड्राइंग रूप में सज़ाकर रख लें।'

'इसमें रखकर चना ज़ोर गरम खाएं।'

'इसमें तम्बाकू लपेटकर पिएं।'

'काकटेल में डालकर हिलाएं।'

ड्राइंग रूम की दीवारों पर चिपका दें। रईस नज़र आएंगे।'

हमने कई बातें सोचीं। किया कुछ नहीं। माया को ठीक इन मामलों में ठगिनी कहा गया है। मेरे मित्र ने फिर इन नोटों को सम्भालकर रख लिया। शायद कल कोई आए और इसके इस्तेमाल की बेहतर कल्पना दे सके। मेरा दिमाग करेंसी नोटों के उपयोग में ज़्यादा चलता है।

'सुना है, सौ-सौ के नोट भी बन्द हो रहे हैं।' मैंने कहा।

वह चौंका, धक्का-सा लगा उसे, हार्टफेल होते बाल-बाल बचा।

'क्या बात करते हो, ऐसा हो नहीं सकता।'

'यह बन्द करके इनके बदले नये चालू होंगे। या न हों।' सुना है।

उसने मुझे अपने कबर्ड में लाखों के नोट दिखाए। मैंने सुझाव दिया इन्हें खर्च कर देना ही उचित होगा।

'क्या करें ?'

'ओबेराय शेरेटन चले।'

'चलो।'

तब से मैं और वो...हिक्...यहीं हैं। सब रुपया साला हिक्...खतम करने पर तुले हैं...हिक्। हेव मोर यार...हिक्...नहीं मंगाते हैं...हिक्...घंटी बजा...। वॉट एक सर्विस यार...हिक्...क्या नाम है इस होटल का ?...या...या...ओबेराय शेरेटन ...हिक्। बैरा।

परिवर्तन भीरु

लम्बी यात्रा करने वाले व्यक्ति को सुखद यात्रा के सपने आते हैं कि उसका आरक्षण हो गया है, वह इत्मीनान से लेटा हुआ है, रेल नाव की तरह बहती जा रही है, सामने की सीट पर अपरिचित सुन्दर कन्या है, जिससे रह-रहकर लाइन जाग्रत हो जाती है, सामान चोरी होने का कोई भय नहीं। उसी तरह उन लोगों को, जो विरोधी दल में होते हैं या सत्तारूढ़ दल के सदस्य होकर भी जिन्हें मंत्री पद नहीं मिल पाता, देश में सुखद आर्थिक और सामाजिक परिवर्तनों के सपने आते हैं। वे सपने देखते हैं कि वे सत्ताधारी हैं और उनके कहने से महंगाई कम हो गई है, उत्पादन बढ़ रहा है, लोगों को रोज़गार मिल गया है, बिड़ला-टाटा आज्ञाकारी कारिंदों की तरह चरणों में बैठे आज्ञाएं मान रहे हैं, अफसर दौड़-दौड़कर फटाफट काम कर रहे हैं, वे भाषण देकर समझा रहे हैं और लोग समर्थन में गर्दन हिला रहे हैं। सपना पूरा होने तक देश खुशहाल हो चुका होता है और समृद्धि इस हद तक बढ़ जाती है कि सपना तोड़ देने के अलावा कोई रास्ता नहीं बचता। ठीक जैसे सुखद यात्रा के सपने भरने वाला अपनी अन्तिम ऊंचाई पर रेल के पूरे डिब्बे को खाली महसूस करने लगता है, जहां केवल वह और सुन्दर कन्या रह गए हैं, रेल धड़धड़ाती जा रही है, वे रोमांस में खोए हुए हैं—इस हद तक कि सपना तोड़ देने के अलावा कोई रास्ता शेष नहीं रह जाता।

पर जब रेलयात्री डिब्बे के यथार्थ से साक्षात्कार करता है, तब उसकी हालत वही होती है, तो विरोधियों की हालत मन्त्रिमण्डल का सदस्य हो जाने पर होती है। सपने जो सरपट बहते थे, अब लड़खड़ाने लगते हैं। वक्त बीतता जाता है। सत्र पर सत्र लांघते, बैठकें करते, खड़े होते, वादों के साथ तारीखें देते-बदलतें, सम्मेलन बुलाते, जाते-आते, गंभीर होते, सोचते, समझते, टालते, फिर ध्यान देते समय गुज़रता जाता है। रेल वक्त की तरह दौड़ती जाती है और यात्री डिब्बे

में स्वयं को एडजस्ट नहीं कर पाता। सुखद यात्रा के सपने पूरे होने का इन्तज़ार करता अंततः उस स्टेशन पर फेंक दिया जाता है, जो उसकी टिकट पर लिखा था। छह माह, एक साल, दो साल, पांच साल। बस ! आ गया भैया अपना टेसन उतर जाओ ट्रंक-बिस्तर लेकर। उर्फ फूटो सरकारी बंगले से, नीचे उतरो फोकट की कार से।

पर एक किस्म होती है यात्राभीरुओं की। उन्हें आप आरक्षण करके दे दो, फिर भी पूछते रहेंगे, क्यों साहब, सीट मिल जाएगी न ? गाड़ी बीस मिनट खड़ी रहेगी, पर वे दौड़कर चढ़ेंगे और धक्का-मुक्की करेंगे, अपनी बर्थ पर बैठे-बैठे सहयात्री से लड़ बैठेंगे और खिड़की से झांक-झांक टोह लगाते रहेंगे कि उनका स्टेशन निकल तो नहीं गया। उसी तरह राजनीति में होते हैं परिवर्तन-भीरु। जनता इन्हें भारी वोट देकर सत्ता में लाएगी, इनके ऊलजलूल व्यक्तित्व और अगड़म-बगड़म भाषण के बावजूद इन पर भरोसा करेगी, इनके मन्त्री बनने पर अकारण ही प्रसन्न होगी, पर उस सबके बाद भी ये कुर्सी पर बैठे-बैठे कांपेंगे, कभी दायें देखेंगे, कभी बायें, कभी खड़े हो जाएंगे, कभी बैठेंगे, पर कुछ करेंगे नहीं। शून्य में ताकते रहेंगे। सोचते रहेंगे लोहिया और दीनदयाल उपाध्याय ने क्या कहा था, गांधी जी मेरी जगह कुर्सी पर बैठे होते तो इस फाइल पर क्या लिखते। ये वे लोग हैं, जिनकी परिवर्तन के नाम पर नानी मरती है। धोबी लांड्री से कपड़े लाए, तो पहनकर क्रांति करें। 'हाय कम्बख्त, आज भी नहीं लाया' किस्म का अफसोस करते ये बैठे रहेंगे। भाषण, सम्मेलन, प्रेस कॉन्फ्रेंस में ऐसा लगाएंगे कि बस यहां से जाकर सीधे परिवर्तन कर देना है, पर बजाय परिवर्तन के वे अगली प्रेस कॉन्फ्रेंस की तारीख की बाट जोहेंगे और इस बार छपी खबर के अपने प्रभाव को आंकेंगे। फाइल सामने रहेगी, हाथ कांपते रहेंगे। दस्तखत करूं कि नहीं करूं ? आज करूं या कल करूं ? सुबह करूं या शाम करूं ? अच्छा थोड़ा और सोच लें। सभी पहलुओं पर सोच लें। इनसे भी पूछ लें, उनसे भी पूछ लें, इस सत्र में रहने दें, अगले सत्र में करें। क्यों आपका क्या खयाल है ? जो देश के लिए अर्जेंट है, उसे अपनी कायरता से पेंडिंग कर देंगे इस तरह। अरे भैया तुम्हारी पार्टी की साख गिर रही है। गिरने दो हम तो नहीं गिर रहे। हम तो पद पर हैं न ! बस ! और वक्त रेल की तरह बढ़ता रहता है।

इस देश के सत्ताधारी नसीब वाले रहे हैं कि लोग उन्हें एक मानस से पूर्ण सत्ता सौंपते हैं। नेहरू के चरणों में सौंपी थी, तो वे समाजवाद, समाजवादी ढांचे की समाज-रचना विरोधी आर्थिक ताकतों के संतुलन के सूत्र ही तलाशते रहे।

इन्दिरा गांधी को पूरी ताकत दी थी तो गरीबी हटाने, संजय को बिठाने में खुद ही हट गईं। अब जनता पार्टी को मिली है, तो वे एक माह बाद ही अफसरशाही के तलुए चाटने लगे। जैसी वे सलाह देंगे, वैसा करेंगे। वे कहेंगे कुएं में डूब जाओ, तो डूब जाएंगे।

परिवर्तन नहीं कर सकते। लोग एक-दूसरे से पूछते हैं, यार इन्हें हो क्या गया है ? ये कुछ कर क्यों नहीं रहे ? दरअसल लोग परिवर्तन भीरु का चरित्र नहीं समझते। उसकी यही विशेषता होती है। करूं, नहीं करूं, करूं, नहीं करूं, करूं, नहीं करूं...

अबे, कर साले, देखता क्या है !

पारदर्शी हम्माम

कनसेशन देने के मामले में हमारा देश बड़ा उदार रहा है। एक परम्परा है, संस्कृति है, जिसके मारे हम लोग अवगुणों के ढेर में एक नन्हा-सा सदगुण खोज सन्तोष कर लेते हैं। हर नाप और गुण की कसौटियां हमारे पास हैं। यह नहीं तो दूसरी, और दूसरी नहीं, तो तीसरी कसौटी पर हम आदमी को पास कर देते हैं। भ्रष्ट स्त्रियों को सुन्दरता की खातिर सम्मानित करना और बदशक्ल को सच्चरित्रता का प्रमाणपत्र दे अपनी पलकों पर बिठाना, भारतीय मर्दों की पुरानी आदत है। जो दोनों से रहित है, उसके लिए कह देते हैं कि हाय बिचारी मजबूर थी। अर्थात् कहीं न कहीं दिल को सन्तुष्ट करने का एक आधार हमें मिल जाता है। औरतों ने कैसे-कैसे पुरुषों को देवता माना है, जो जानवर कहलाने की पात्रता नहीं रखते थे। पर इसी का नाम भारत है। और इस भारतीय स्वभाव का सर्वाधिक लाभ राजनैतिक पार्टियों और नेताओं को लगातार मिलता है।

अमुक नेता अयोग्य है, कहने पर तुरन्त दूसरा कहेगा, जी हां अयोग्य तो हैं, मगर क्या करें सबसे वयोवृद्ध और अनुभवी वे ही हैं। फलां नेता भ्रष्ट हैं। जी हां भ्रष्ट तो हैं पर अपने क्षेत्र में बहुत प्रभावशाली हैं, उनकी आज्ञा बिना अमुक प्रान्त में पत्ता नहीं हिलता। यह नेता मूर्ख है, इसे अक्ल नहीं है। ठीक कह रहे हैं आप, वज्र मूर्ख हैं मगर ईमानदार हैं। यह नेता बूढ़ा है, काम नहीं कर सकता, बीमार है। आपकी बात मानते हैं, मगर देखिए ना बहुत खुर्रांट, अनुभवी और नीतिकुशल हैं। पार्टी को इनका मार्ग दर्शन ज़रूरी है। यार इस चमचे को क्यों दल में रख रखा है ? तुम जानते हो यह दलाल है। हां, मगर युवा है, उत्साही है। आप जानते हैं, आज दल को युवा और उत्साही लोगों की कितनी आवश्यकता है।

यानी देश के नसीब में जो लिखा है, वही लिखा रहेगा। हम उसका विरोध

करते रहेंगे और सिर पर भी बिठाए रहेंगे। श्रीमती गांधी के विरुद्ध कोई आरोपों की लम्बी लिस्ट सुनाकर कामना करे कि जो भी हो, वह पावर में न आए। जवाब में उसे सुनने को मिलेगा कि हां वह सब सही कह रहे हैं आप, मगर कांग्रेस के पास वही एकमात्र नेता हैं, बल्कि देश के पास अखिल भारतीय स्तर का नेता नहीं है। मोरारजी देसाई की ज़िद, चिड़चिड़ेपन और नाकाबिलीयत का रोना रोइए कि उनके कारण कुछ नहीं हो पा रहा है, तो जवाब आएगा कि वर्तमान स्थिति में वह ही उचित हैं। अयोग्य ज़रूर हैं पर बूढ़े हैं, चिड़चिड़े ज़रूर हैं, पर गांधीवादी हैं, कुछ कर नहीं पा रहे हैं, मगर नेता हैं। आखिर किसी को तो प्रधानमन्त्री बनाना ही था। सभी में दोष और अयोग्यता है, तो मोरारजी क्या बुरे। उनके समर्थन में यह तो कहा जा सकता है कि वे बूढ़े हैं, चरखा ठीक चला लेते हैं और फलों के रस को रोटी से बेहतर समझते हैं।

क्या संयोजन है, गुणों और अवगुणों का ! हर नेता दो-चार परस्पर विरोधी काबिलीयतों और नाकाबिलीयतों का काकटेल है और देश को शायद ऐसे ही काकलेट का मजबूरी में चस्का लग गया है। लोगों को सबके गुणों का पता है, सबके अवगुण पता हैं राजनीति के पारदर्शी हम्माम में सारे नेता नंगे नहाते नज़र आ रहे हैं। इनके सिद्धांतों के तौलिए फटकर तार-तार हो चुके हैं। यह आम जनता की अपनी शराफत और संस्कार है, जो वह देखा अनदेखा कर रही है और खुद अपनी आंखों पर परदा डाल रही है। हम्माम में सुधार असंभव है। एक-दूसरे की नंगाई ढकने के सामूहिक प्रयत्नों का नाम पार्टी राजनीति है। अब क्या रह गया है। जिसका सबको पता न हो। संजय हटने पर कांति और कांति हिलने पर सुरेश दिख जाते हैं। और भी कुछ होंगे इस हम्माम के वासी जो सामने आएंगे।

जनता के सेवक हैं, लड़कियां कमज़ोरी हैं। कर्मठ हैं, पर कान के कच्चे हैं। नीतिकुशल हैं, पर पेट में बात नहीं पचती। त्यागी हैं, पर रिश्तेदारों को धनाढ्य बना चुके। कम खाते हैं, सोना छुपाते हैं। समाजवादी हैं, तीन फार्म हैं इनके। सच बोलते हैं, पर बड़ों के चमचे हैं। जेल जा चुके जितनी बार आज़ादी के आन्दोलन में उतने ही ट्रक हैं लड़कों के पास। पूरा जीवन देश सेवा में बीता, जाति के लोग अच्छे पदों पर लग गए। कम्बख़्त दीये हैं नहीं, तले में अंधेरा और ज़्यादा है। कहने को वृक्ष हैं पर मज़ाल है किसी को छाया दे दें जूतों की तरह जिसकी खातिर घिस रहे हैं, उसी को काट रहे हैं। खाते बाद में हैं, थाली में छेद पहले करते हैं। यानी खुद अपने अपवाद हैं। मुस्कराते भी हैं, कालिख भी पुतवाते हैं।

ऐसा है हमारे देश का नेतृत्व बल्कि कहिए नेताओं का वह गुच्छा, जिससे राजनीति बनती बिगड़ती है। लोग अपना भरोसा सौंप जिन ट्यूबों में हवा भरते हैं, इन्हें फुलाकर राष्ट्रीय कर देते हैं। पर लालच की नन्ही पिन करीब आते ही वे पंचर हो जाते हैं। अब वह लालच की पिन एक लड़की हो, एक लाभ हो, एक स्वार्थ हो पर पहिया हमेशा के लिए बेकार हो जाता है। वह फिर पिचक जाता है और हमसे उम्मीद करता है कि हम उसकी इमेज़ का पंचर जोड़ेंगे, फिर से भरोसे की हवा भरेंगे।

क्यों भाई, हमें बाप ने मरते वक्त कहा था कि राष्ट्र की खातिर अयोग्य, भ्रष्ट और स्वार्थी नेताओं का सम्मान रखना।

❑❑❑